VERGESSENE SÜNDEN

EINE DUNKLE MAFIA-ROMANZE (NIE ERWISCHT 2)

JESSICA F.

INHALT

Veröffentlicht in Deutschland:

Von: Jessica F.

© Copyright 2020

ISBN: 978-1-64808-923-7

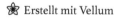 Erstellt mit Vellum

KLAPPENTEXT

*Ich bin mit rasenden Kopfschmerzen und ohne Erinnerung in einer süßen,
kleinen Hütte aufgewacht.
Die nette, isolierte Künstlerin, die mich gefunden hat, weiß auch nichts.
Aber von einem kurvigen Schutzengel namens Eve gepflegt zu werden, ist
eine große Hilfe.
Besonders als ich von ihren Gefühlen für mich erfahre.
Trotzdem gibt es auch Schattenseiten.
Ich habe eine Schussverletzung am Schädel und Fähigkeiten, die ich nicht
erklären kann.
Als die Albträume beginnen, wäre ich vielleicht ohne diese Erinnerungen
besser dran?
Aber die Vergangenheit will mich nicht in Ruhe lassen.
Was auch immer passiert ... Ich werde dafür sorgen, dass sie niemals meine
kleine Eve anrühren.*

PROLOG

Carolyn

Datum: 20. Januar 2018
Standort: Boston, Massachusetts
Zielperson: Michael Di Lorenzo

Vorstrafenregister: Italienischer Staatsbürger bis zum Alter von neunzehn; keine Jugendstrafen durch die Polizei in Bari gemeldet. Angeblicher Vollstrecker der Sechsten Familie in Montreal, Kanada. Verdächtig in zwölf Morden von Mafia-Mitgliedern, belanglosen Kriminellen und seit vor drei Wochen Don Gianni Lucca, Don von New York. Drei dieser Morde geschahen auf amerikanischem Boden, und Di Lorenzo ist momentan in den Vereinigten Staaten.

Zielperson wurde zuletzt am 17. Januar in Boston gesehen, wo er sich mit einer unbekannten Person getroffen hat, die vermutlich Mitglied der Boston-Familie ist. Seither wurde er nicht gesehen. Es ist möglich, dass er im Moment Gianni Luccas ältesten Sohn Carlo im Visier hat, der momentan wegen organisierter Kriminalität für den Transport nach New York festgehalten wird.

Angesichts der hohen Wahrscheinlichkeit, dass ein Mordversuch durch Di Lorenzo vor dem Transport stattfinden wird, sollte das Gefängnis, in dem er momentan festgehalten wird, mit FBI-Agenten aus Boston und der Polizei von Boston verstärkt werden.

ICH ÖFFNE das Foto von Michael Di Lorenzo und schauere leicht. Er sieht gut aus, aber ich hasse ihn. Die Anweisung, Gianni Lucca umzubringen, kam von oben, natürlich, aber es war Di Lorenzo, der den Abzug gedrückt hat.

Und damit hat er meine Chance ruiniert, einen wirklich bekannten Kriminellen zu erwischen — niemand Geringeres als den verdammten Don von New York! Das wäre eine karriereschaffende Festnahme gewesen, und meine Enttäuschung und mein Zorn sind immer noch frisch.

Wenn ich ihn jetzt festnehmen kann, bevor er Luccas Sohn tötet, wird das ein großer Schritt nach oben sein, selbst wenn sein Gangsterboss außer Reichweite ist. Ich bin es leid, Perverse und Identitätsdiebe zu analysieren und zu verfolgen. Ich möchte einen Killer festnehmen — und Di Lorenzo ist zweifellos ein Killer.

Trotzdem muss ich zugeben, dass er attraktiv ist. Dunkel und stark, Haare und Augen so schwarz wie der Kaffee in meiner Tasse und ein schlankes, ernstes Gesicht wie ein römischer Patrizier. Groß — eine meiner Schwächen — und herrlich schön muskulös, eine weitere Schwäche.

Heilige Scheiße! Ich muss definitiv flachgelegt werden, wenn meine Verdächtigen sexy wirken!

Di Lorenzo ist zufällig der Zweite auf meiner Liste mit fünf nie gefassten Verdächtigen, von denen mein Chef Derek Daniels möchte, dass ich sie innerhalb der nächsten vier Monate festnehme. Es ist nur so, dass es jetzt auch einen persönlichen Grund gibt, um ihn zur Strecke zu bringen.

Das einzige Problem ist, dass Di Lorenzo ein verdammter Geist ist und es schon war, seit er sich als Grenzposten getarnt und Lucca auf seinem Weg zurück in die Staaten erschossen hat. Falsche Identitäten, Verkleidungen, keine Abdrücke und keine Neuigkeiten oder

Gerüchte über ihn, weder on- noch offline. Ich kann nur seine Zielperson beobachten und auf das Beste hoffen.

Ich blicke über meinen Laptop zu dem Fenster, auf das mein Tisch ausgerichtet ist. Auf der anderen Straßenseite ragt das Gefängnis brutal empor; ein massiver Grabstein aus Beton, die Oberfläche von Gitterfenstern durchbrochen. Ein Dutzend zusätzliche Polizisten und vier FBI-Agenten erhöhen die Sicherheit dort drüben, während ich abwarte, mir ihre Funkgespräche anhöre und dabei jede örtliche Quelle als auch Internetquelle filze, die ich habe.

Mein Handy vibriert: Daniels schon wieder. Ich zögere, bevor ich abnehme. Er ist wesentlich besser darin, sarkastische Bemerkungen abzugeben, als nützliche Anweisungen oder Informationen zu geben. „Hallo?"

„Habe ich Sie bei einem Nickerchen erwischt, Special Agent?" Daniels' Stimme ist bereits boshaft. Er hegt schon immer einen Groll gegen mich, da ich nicht mit ihm schlafen möchte und ihn mit der Androhung einer offiziellen Beschwerde zum Schweigen gebracht habe, nachdem er die ganze Zeit deswegen gejammert hat.

„Wohl kaum. Ich arbeite an meinem Bericht. Hier gibt es noch keine Neuigkeiten." Warum ruft er mich an? Er nervt mich mindestens viermal am Tag, selbst wenn ich nur in einem Hotelzimmer festsitze und recherchiere. Es ist, als würde er mir nicht zutrauen, die einfachsten Aufgaben allein zu erledigen.

Oder vielleicht will er mich immer daran erinnern, dass er mich beobachtet? In diesem Fall kann er sich anstellen, denn anscheinend ist er da nicht der Einzige.

„Also, ich bin die Notizen Ihres letzten Falles durchgegangen. Sieht aus, als stünde es null zu eins in der Verfolgung von Chase." Sein Ton ist spöttisch. „Er ist entweder immer noch in Montreal oder tot."

Alan Chase, der zum Helden gewordene Autodieb, ist nichts davon, aber ich korrigiere ihn nicht. Daniels würde nie verstehen, warum der erste Mann auf meiner Nie-gefasst-Liste freikam. Aber ein Deal ist ein Deal, und Chase hat mir dabei geholfen, den Don von

Montreal wieder über die amerikanische Grenze zu bringen, wo wir geplant hatten, ihn festzunehmen.

Es ist nicht Chases Schuld, dass Di Lorenzo die Sache versaut hat. „Ja, Sir, dessen bin ich mir bewusst. Gibt es sonst noch etwas?"

Er klingt unglaublich amüsiert. „Ja. Luccas jüngster Sohn Tony hat Kaution gestellt und geht für einen Skiurlaub nach Berkshire. Bewachen Sie den richtigen Bruder? Denn wenn die Sechste Familie Di Lorenzo hinter jedem von Luccas Kindern hergeschickt hat —"

Ich lehne mich zurück und kneife die Augen zu. *Scheiße.*

Natürlich wird Di Lorenzo auf den ungeschützten Bruder losgehen. Tausende Unfälle können auf einer Skipiste passieren. „Wie lange wissen Sie es schon?", frage ich, bevor ich mich aufhalten kann.

„Eine halbe Stunde. Ich habe Ihnen denselben Skiort gebucht. Ein Kurier sollte in einer halben Stunde mit allem, was Sie brauchen, da sein." Jetzt ist er geschäftlich. Assistant Director Daniels bewegt sich immer am Rande der Dinge, über die ich mich offiziell beschweren könnte — aber er zieht sich wieder in sicheres Gebiet zurück, sobald ich ihn tatsächlich wegen etwas beschuldige. Natürlich.

Verdammt, ich hätte einen Walter Skinner oder Gordon Cole, sogar einen Jack Crawford haben können. Stattdessen bin ich bei diesem Arschloch gelandet. „Verstanden, Sir. Ich mache mich bereit."

„Verlieren Sie diesen nicht auch noch, Carolyn." Er benutzt meinen Vornamen herablassend und legt auf.

Mehr als genervt von seiner Respektlosigkeit stecke ich mein Handy ein und mache mich bereit. Nicht schwierig; ich packe in einem Hotelzimmer nie wirklich aus. Daniels schickt mich immer ohne Benachrichtigung irgendwo anders hin.

Ich kontrolliere zweimal das Badezimmer nach Hygieneartikeln und Schmuck und sammle bis auf meinen Mantel und meine Laptoptasche alles an der Tür. Dann setze ich mich hin, um eine sehr wichtige E-Mail zu schreiben. Daniels Informationen und Bestechungsgeld mögen vielleicht mit einem Kurier kommen, aber meine andere große Quelle ist strikt online.

Ich habe während der Arbeit an dem Chase-Fall einen ungewöhnlichen Kontakt entwickelt. Er ist eine Art Hacker, der mir immer wieder E-Mails schreibt. Zuerst hat er es von temporären Telefonnummern oder E-Mail-Adressen gemacht, die mich blockiert haben, sobald die Unterhaltung zu Ende war. Jetzt habe ich eine E-Mail-Adresse, die er bereit ist, mehr als eine Stunde zu behalten.

Er nennt sich Prometheus. Ich habe einen Verdacht, wer es sein könnte, und der reicht aus, um mich neugierig zu machen — und ihn weiterreden zu lassen. Außerdem war er ein paar Mal eine exzellente Quelle.

Ich adressiere eine verschlüsselte E-Mail an ihn und zögere. Seine E-Mails sind immer auf den Punkt. Er wird es wahrscheinlich schätzen, wenn ich auf dieselbe Art kommuniziere.

Ich muss alles wissen, was Sie über Michael Di Lorenzo wissen.

Die Antwort kommt in unter fünf Minuten, während ich mir die Akte des jungen Ski-Fans Tony Lucca ansehe.

Drei Dinge, die Sie über Michael Di Lorenzo wissen müssen, Special Agent.

Die erste ist, dass er nach der Ermordung von Gianni Lucca sofort geplant hat, die Sechste Familie zu verlassen. Die zweite ist, dass sich seine Auftraggeber dieser Tatsache jetzt bewusst sind und nicht positiv darauf reagiert haben. Die dritte ist, dass eine zweite Gruppe von Schlagmännern der Sechsten Familie ihm nach Berkshire gefolgt ist und ihn vermutlich erreichen wird, bevor er Tony Lucca erreicht.

„Oh, scheiße." *Immer Komplikationen.* Die Information ist verlässlich. Ich würde nicht immer zu Prometheus zurückkehren, wenn sie das nicht wäre. Aber das macht es nicht leichter zu lesen.

Ich antworte sofort. Es wird nicht lange dauern, bis der Kurier kommt.

Er steckt in ernsthaften Schwierigkeiten. Denken Sie, er wird einen Deal machen, um da herauszukommen?

Wenn ich ihn vor den Attentätern finden kann, läuft es vielleicht besser für mich.

Die Antwort ist allerdings alles andere als beruhigend und trägt dazu bei, wie schnell ich nach unten zu meinem Mietauto renne, sobald der dünne Fahrradkurier kommt und die Waren in meinen Händen liegen. Prometheus schickt nur drei Worte — aber drei Worte, die bedeuten, dass ich vor Ende des Tages zwei der fünf Ziele auf meiner Liste los bin.

Wenn er überlebt.

1

EVE

Am Wochenende kommt ein Schneesturm. Ich bin allein und muss vorbereitet sein. Es gab bereits mehrere Opfer, während er sich durch den mittleren Westen arbeitet, und obwohl nur ein paar Meter Schnee und ein wenig Eis erwartet werden, ist es besser anzunehmen, dass ich für ein paar Tage nicht vom Berg komme.

Ich versichere mir, dass ich damit umgehen kann. Ich habe Lebensmittel für einen Monat, einen starken Generator und genug Treibstoff. Es gibt Wasser, für den Fall, dass die Leitungen einfrieren. Selbst ein Schneemobil für den Notfall, auch wenn es mich nur bis Great Barrington bringen wird, was ungefähr fünfzehn Minuten entfernt liegt.

Es hat mich viel Zeit gekostet, zu knausern und zu sparen und Drucke und Taschen und T-Shirts mit meiner Kunst darauf online zu verkaufen und die Dinge Stück für Stück zu verkaufen, sodass ich nie wieder unvorbereitet einem winterlichen Stromausfall gegenüberstehe.

Wenn der Winter heimtückisch wird, kann es die Abgeschiedenheit noch schlimmer machen—und ich bin isoliert. Niemand auf der

Welt weiß, dass ich hier oben bin, bis auf ein paar Freunde, meinen einzigen Nachbarn eine Viertelmeile entfernt und ein paar Ladenbesitzer und Lieferdienste. Hilfe zu holen wäre herausfordernd; zu mir zu kommen, wenn ich nach Hilfe rufe, wäre problematisch, besonders sobald sich der Schnee auftürmt.

Meistens ist die Einsamkeit das Risiko wert. Die verdammte Angststörung heilt jetzt, wo ich mir eine größere Pause von Menschen gönne. Ich kann in die Stadt gehen und mich stundenlang mit den Leuten dort beschäftigen, sogar den ganzen Tag, da mich ein sicherer, völlig privater Ort erwartet, sobald ich fertig bin.

In Zeiten wie diesen allerdings ... Bin ich eine Närrin, dass ich hier allein bin?

Ich komme aus meinem Keller hoch, der mein Abstellraum und das automatisierte Zentrum des Hauses ist. Alles ist kontrolliert, alles ist bereit. Egal was passiert, ich werde es mit links schaffen können. Nur ich und meine Ansammlung von Tieren.

Die Hütte ist fast zweihundert Jahre alt, gebaut in den Berkshires von einem holländischen Siedler, der nicht daran interessiert war, vielen Menschen nah zu sein. Das Schneefeld dahinter ist zu drei Jahreszeiten mein Garten; jetzt werfe ich dort täglich Mais und Samen aus, um ein paar Kreaturen zu füttern und sie herzulocken.

Ich habe die Gesellschaft von Tieren schon immer der von Menschen vorgezogen, und den Vögeln und Eichhörnchen dabei zuzusehen, wie sie mitten im Winter zum Essen kommen, tut meinem Herzen gut. Es ist leicht, Tiere für sich zu gewinnen, man muss nur großzügig und gewaltlos sein und lernen, ihnen zuzuhören. Es ist nicht so einfach, Menschen für sich zu gewinnen.

Meine Familie begrüßt mich, als ich hereinkomme: zwei Katzen, Loki und Freya, mein unflätiger, adoptierter Papagei Diogenes, und Berry, der ein ... Sonderfall ist. Er hängt vom Wagenrad-Kronleuchter, als ich den Raum betrete und macht Geräusche.

„Hi, Berry. Komm da herunter, bitte." Der Waschbär quietscht und streckt die Pfoten nach mir aus. Ich rolle mit den Augen und nehme ihn, um ihn auf die Couch zu setzen.

„Wie bist du überhaupt da hochgekommen, du Dickerchen?" Ich

mache keine Wildtier-Rehabilitierung, aber Berry ist einzigartig. Ich habe ihn auf der Landstraße gefunden, wo er sich an seine vom Auto überfahrene Mutter klammerte, und konnte ihn nicht einfach zurücklassen. Fische und Wildtiere kämen alle zu mir, wenn sie das wüssten.

Ein weiterer guter Grund, allein zu leben: ich kann tun, was ich will.

Berry wandert über die Couch, während ich mich umsehe und versuche festzustellen, ob ich irgendetwas vergessen habe. Es gibt genug Brennholz für einen ganzen Monat. Der Propantank ist voll. Die Sturmfensterläden sind geschlossen und all meine Tiere sind warm und sicher hier drin.

Aber das schleichende Gefühl der Sorge lässt mich alles kontrollieren, bis ich realisiere, was ich tue, und aufhöre.

„Es wird alles gut werden", sage ich mir nachdrücklich.

Ich lebe seit sechs Jahren auf diesem Hochland, seit meine Mutter gestorben ist und mir genug Erbe hinterlassen hat, um die Hütte und den halben Morgen Grundstück zu kaufen. Ich hätte nicht die Berkshires gewählt, aber ich bin nicht reich und einhunderttausend Dollar halten wesentlich länger, wenn man irgendwo außerhalb hingeht.

Und ich wollte außerhalb sein, selbst mit den Risiken. Allein, keine Komplikationen, kein Missbrauch. Keine furchtbare Mutter, keine fürchterlichen Männer.

Und all die grüne Schönheit der Natur, die meine Augen beruhigt und hilft, meine Seele zu heilen.

„Ecce homo!", schreit der Vogel, der seine nackten kleinen Flügel ausbreitet und mit seinem federlosen Kopf wippt. Er trägt einen winzigen violetten Pullover, den ich gestrickt habe und klammert sich an eine beheizte Stange. Wie ich hatte er nicht das beste Leben und leidet immer noch unter Symptomen von Stress. Anders als ich rupft er sich gewöhnlich die Federn, anstatt zwanghaft die Heizung, die Schlösser, die Fenster und den Ofen zu kontrollieren.

Die Katzen sind beide im Laib-Modus neben dem Holzofen, der eine Seite des Raumes dominiert. Berry springt von der Couch und schlendert hinüber zu Loki, der ein gelbes Auge öffnet und von einem Stück Dunkelheit zu einer Katze wird. Die grau gestreifte Freya dreht sich auf die Seite und schlägt mit einer Pfote nach dem Waschbären. Die beiden helfen bei der Aufzucht von Berry, also sind sie bemerkenswert tolerant, als er sich zwischen sie wühlt und dabei quietscht.

Ich beginne mich bei ihrem Anblick zu beruhigen. Die schmerzende Einsamkeit in mir ist mit ihrer Anwesenheit besser; ich wäre in der Nähe der meisten Menschen, die ich getroffen habe, einsamer. Wenn überhaupt war mein Gefühl der Einsamkeit schlimmer, als ich im Haus meiner Mutter gelebt habe und jeder in meinem Leben mich tyrannisiert hat.

Es ist besser, allein zu sein. Es bedeutet, dass ich keinen Liebhaber, keine Familie habe. Aber es bedeutet auch keine Missbrauchstäter mehr, keine Tyrannen und keine Menschen mehr, die mich wie Dreck behandeln und sagen, ich würde es verdienen.

Ich brauche eine Ablenkung. Musik, vielleicht ein Film? „Ich mache etwas Tee", sage ich und gehe zu meinem Teekessel, den ich fülle und dann auf den Holzofen stelle.

Eine Sekunde später höre ich draußen ein Schlurfen, gefolgt von einem schweren Aufschlag.

Ich halte mit gerunzelter Stirn inne. *Waschbär? Nein, zu groß.* Es liegt nicht genug Schnee auf dem Dach, der beim Herunterrutschen dieses Geräusch hätte verursachen können. Also was ist es dann?

Ich nehme meinen Schürhaken und gehe auf die Tür zu. Ein leises Kratzgeräusch dahinter—und dann, zu meiner Überraschung, ein leises Stöhnen.

„Scheiße." Ich eile zurück und ziehe den isolierten Vorhang zu, der Diogenes' Stange von der Vordertür trennt, dann öffne ich die Tür und spähe hinaus. Werde ich gleich einen Betrunkenen oder einen verirrten Touristen sehen? Draußen sind es fast minus zehn Grad, und wer auch immer da draußen ist, klingt, als hätte er Schmerzen!

Ich sehe hinaus und bemerke eine Reihe von Schuhabdrücken im Schnee, die zur Tür führen. Ein größerer Abdruck, verursacht durch einen Sturz. Im Mondlicht sind zwischen den Abdrücken dunkle Flecken zu sehen. Das ist beunruhigend — aber lästiger ist die Person, die sie zurückgelassen hat.

An meinen Füßen liegt bewusstlos ein riesiger Mann in einem zerrissenen Gore-Tex-Mantel.

2

EVE

"Geschieht das wirklich?" Er bewegt sich leicht, und ich sehe Blut in seinem dunklen, welligen Haar. Er stöhnt erneut, wie als Reaktion auf meine Stimme, und ich versuche mich schnell zu entschieden, wie ich ihn hineinschleppen soll.

Es ist nicht so, als hätte ich irgendeine Wahl. Ansonsten wird am kommenden Morgen eine Leiche auf meiner Veranda liegen.

Schnell denkend drehe ich ihn um — es braucht ein wenig Anstrengung, er ist wirklich schwer — und greife dann die Unterseite seines Mantels, die ich nutze, um ihn hineinzuziehen. Das derbe Leder ächzt, während ich stöhne und mich anstrenge, mir der eisigen Luft allzu bewusst, die in mein Zuhause strömt. Ich brauche mehrere Sekunden Pause, bevor ich ihn weiterziehen kann, wobei meine Schultern mit jedem Zug vor Anstrengung und Kälte knacken.

Endlich habe ich ihn weit genug gezogen, um die Tür zu schließen, dann schaffe ich ihn zum Pelletofen, um ihn aufzuwärmen. Mittlerweile sind meine Arme taub vor Erschöpfung. "Verdammt, was hat dir deine Mutter gefüttert?" Ich seufze, während ich meine Schultern reibe.

Die Katzen kommen mit Berry im Schlepptau herüber, die Schwänze hochgestellt und die Ohren aufmerksam, während sie den

Neuzugang begutachten. Sie schnüffeln vorsichtig an ihm, und ich kontrolliere seinen Zustand.

Er ist blass und ramponiert, möglicherweise durch einen Autounfall; das Blut in seinem Haar ist überwiegend getrocknet. *Er muss die Lichter gesehen haben und den Berghang hinaufgekommen sein.* Es ist vielversprechend, dass er so weit laufen konnte, vielleicht ist er nicht allzu sehr verletzt. Aber er ist kalt und hat eine Kopfverletzung, und beides allein ist gefährlich genug.

Ich ziehe seine Arme aus seinem Mantel und kontrolliere ihn. Unter den Handschuhen sind seine Finger kalt und die Knöchel verstaucht. Er hat ein paar weitere Prellungen und Kratzer. Ansonsten ist er in einem Stück: keine Brüche, keine großen Schnittwunden.

Die Kopfwunde macht mir allerdings Sorgen. Besonders, da er noch nicht bei Bewusstsein ist. Ich erinnere mich von meinem Erste Hilfe-Kurs, dass jemand, der mehr als ein paar Minuten bewusstlos ist, in ein Krankenhaus muss. Ein Rettungswagen kommt vielleicht nicht hier hoch, bevor der Sturm eintrifft.

Ich berühre behutsam sein Gesicht, und er zuckt zusammen, wobei er es in meine Richtung dreht. Berry springt zurück und quietscht ihn an; die Katzen beginnen ihr Baby zu putzen, um es zu beruhigen. Währenddessen, nachdem ich sichergestellt habe, dass das Blut auf dem Kopf meines Besuchers nicht mehr fließt, bin ich damit beschäftigt, ihn anzustarren.

Ich habe viele attraktive Männer gesehen — nur nicht persönlich. Dieser hier — ramponiert, verletzt, unterkühlt und bewusstlos — ist immer noch heiß genug, um die Farbe von meinen Wänden zu holen. So sehr, dass ich nicht weiß, was ich tun werde, wenn er endlich seine Augen öffnet.

Verstecken, vielleicht. Meine Wangen werden allein bei dem Gedanken warm. Ich war noch nie gut mit Menschen, und attraktive Männer? Vergiss es.

Und er ist umwerfend. Fast schon erschreckend.

Er hat ein Profil wie ein griechischer Gott, einen großen, harten Körper und raue mediterrane Haut, mit dem Anflug von Stoppeln. Er riecht sogar gut — irgendwie. Unter das Aftershave und das Leder hat sich eine merkwürdige Schärfe gemischt, die mir in der Nase brennt und mir bekannt vorkommt. Ich kann sie nur nicht einordnen.

Diogenes beginnt hinter seinem Vorhang zu krächzen, und ich strecke die Hand aus, um den Vorhang zur Seite zu ziehen. Seine strahlend blauen Augen richten sich auf den neuen Kerl, und er wippt mit dem Kopf. „Klopf, klopf!"

„Still, Diogenes, dieser Kerl könnte ernsthafte Qualen erleiden." Ich habe keine Ahnung, wer er ist, und wenn ich ihm einen Rettungswagen besorgen will, dann muss ich schnell sein. Ich kontrolliere ihn vorsichtig und hole meinen Verbandskasten und antibakterielle Reinigungstücher, um mir seine Kopfverletzung anzusehen.

Das halb getrocknete Blut klebt an den Tüchern, aber ich schaffe es mehr oder weniger, die Wunde zu reinigen. Es ist nur ein Kratzer, und auch wenn es vielleicht eine Narbe gibt, verschorft es bereits. An sich nicht so schlimm, aber darunter bildet sich eine große Schwellung und ich bin besorgt wegen einer Gehirnerschütterung.

Ich weiß, was zu tun ist, aber ich genieße es nicht. Ich nehme eine Stiftlampe von meinem Tisch, gehe neben ihm in die Hocke und öffne vorsichtig seine Augenlider, um zu sehen, ob eine Pupille größer ist als die andere. *Anscheinend waren es diese Erste-Hilfe-Kurse tatsächlich wert.*

Seine Augen sind so dunkelbraun, dass ich einen Moment brauche um sehen zu können, ob eine Pupille größer ist — ein gefährliches Anzeichen einer Blutung im Gehirn. Er stöhnt jedes Mal vor Unbehagen und seine Pupillen ziehen sich normal zusammen. Aber er wacht nicht auf.

„Okay, also du stirbst vermutlich nicht. Aber wer zur Hölle bist du?"

Ich greife hastig in seine Manteltaschen, in der Hoffnung, dass er nicht denkt, ich würde ihn ausrauben, wenn er aufwacht. Ich finde seinen Geldbeutel und sein Handy, wobei ich bemerke, dass er ein Schulterholster trägt. Es ist allerdings leer, und ich realisiere plötzlich, dass der Geruch an ihm Kordit ist. Entweder hat jemand auf ihn geschossen oder er hat zurückgeschossen.

Was zur Hölle ist deine Geschichte?, frage ich mich, während ich sein merkwürdig edles Gesicht betrachte. Ich möchte eine Leinwand hervorholen und ihn malen, aber natürlich ist das eine dämliche Idee, wenn er mit eingeschlagenem Kopf und bewusstlos auf meinem Boden liegt. Stattdessen gehe ich den Geldbeutel durch.

Dabei entsteht bereits das erste Problem. Zum einen ist er voller einhundert Dollar-Noten. Zum anderen befinden sich zwei Ausweise mit unterschiedlichen Namen darin. David Cahill und Brian Castello.

Ich vermute sofort, dass er keiner von beiden ist.

Der Mangel an legalen Referenzen macht die anderen Details noch alarmierender. Der Kerl hat einen leeren Holster, riecht nach Kordit, ist schlimm zugerichtet, hat vielleicht einen frakturierten Schädel, da er einen Streifschuss abbekommen hat und hat einen Geldbeutel voller Geld und falscher Ausweise. Nichts davon ist sehr beruhigend.

Wer bist du, mysteriöser Mann? Wer hat dich angegriffen? Warum bist du überhaupt auf diesem Berg?

Ich stecke seinen Geldbeutel zurück und versuche sein Handy zu entsperren, aber es funktioniert nicht. Was auch immer sein Code zum Entsperren ist, er ist zu kompliziert, um ihn zu erraten. Ich stecke auch das Handy zurück und sehe nach, was ich tun kann, um es ihm auf dem Boden bequemer zu machen.

Als ich nach oben in mein Schlafzimmer gehe, beginnt der Teekessel zu pfeifen. Ich eile zurück und brühe den Tee auf, bevor ich den Kessel wieder in die Küche bringe. Ich sehe, dass er sich leicht rührt.

„Hey", sage ich zögerlich. „Hey, kannst du mich hören?"

Keine Antwort. Wenigstens bewegt er sich, anstatt nur wie ein Holzklotz herumzuliegen. Die Farbe kehrt in seine Wangen zurück, er wärmt sich eindeutig wieder auf.

Ich hole ihm ein Kissen und die Decke von meinem Bett, da ich nicht weiß, was ich sonst tun soll. Eine kleine, pelzige Entourage folgt mir von Zimmer zu Zimmer. Die Tiere spüren meine Nervosität und wollen mich nicht allein lassen.

Selbst Diogenes ist verstummt und starrt den Mann an, als ich zurückkehre. Ich nehme ein Handtuch aus dem Wäscheschrank, bevor ich den Raum betrete und bringe es mit, als ich mich wieder neben den Fremden knie.

Ich bedecke das Kissen mit dem Handtuch, damit es durch meine dürftige Wundenreinigung keine Flecken bekommt und schiebe es ihm vorsichtig unter den Kopf. Ich kontrolliere seinen Puls und die Wärme in seinen Händen. Seine Fingerspitzen sind immer noch kalt, aber sein Puls ist stark und regelmäßig.

„Okay, großer Kerl", seufze ich erleichtert. „Sieht aus, als würdest du es schaffen, wenn ich dich aufwärmen kann. Ich wünschte nur, du würdest aufwachen." Was werde ich zu ihm sagen, wenn er es tut?

Ich lege die Decke an der dem Ofen abgewandten Seite über ihn und hole meinen Tee. Aber dann halte ich ihn nur in den Händen, während er abkühlt und ich den merkwürdigen, komatösen Mann betrachte.

Das ist nicht mein Problem! Ich hätte einfach einen Rettungswagen holen sollen. Ihnen das überlassen, was auch immer dieser Kerl durchmacht. *Er war zu lange draußen. Selbst wenn er besser aussieht, er ist immer noch bewusstlos, und das ist ein schlechtes Zeichen.*

Ich erinnere mich schließlich daran, einen Schluck Tee zu trinken, dann greife ich nach meinem Handy. Ich bin besorgt, dass er eine Verletzung hat, die ihn umbringen könnte.

Außer ... was, wenn er nicht in die Nähe eines Krankenhauses will? Was, wenn Leute hinter ihm her sind und er nirgendwo sein möchte, wo er leicht gefunden werden könnte? Oder ...

„Oh, sei still, du riesiger Nerd", grummle ich. *Das ist nicht der Zeitpunkt, um Probleme zu überdenken. Er wacht nicht auf, also braucht er ein Krankenhaus.*

Ich hole mein Handy hervor und stelle den Tee zur Seite, während ich mich für eine schwierige Unterhaltung und einen noch schwierigeren Besuch wappne. Ich möchte wirklich keine Sanitäter oder Polizisten in meiner Nähe, aber wenn das jetzt nötig ist, werde ich damit umgehen können.

Ich wähle gerade 911, als ich etwas bemerke, innehalte und sehr still werde.

Die Augen des Mannes sind geöffnet, und er starrt mich stumm an.

3

MICHAEL

Ich wache aus der roten Dunkelheit in einem Raum auf, den ich nicht erkenne. Mein Kopf schmerzt, auf einer Seite meines Schädels tut es höllisch weh, der Rest pocht nur dumpf. Aber mir ist warm, und obwohl eine harte Unterlage unter mir ist und ich keine Ahnung habe, was vor sich geht, bin ich sicher.

Zumindest für den Moment.

Jemand bewegt sich in meiner Nähe. Ich spähe durch meine Wimpern hindurch und sehe das Licht von Feuer, Hitze ist an meiner Seite zu spüren, und ich liege neben einem Holzofen. Unter meinem Kopf ist ein Kissen und eine Decke ist um mich gewickelt, und nicht nur eine, sondern drei Katzen haben sich zwischen mir und dem Holzofen zusammengerollt. Ich bin in Straßenklamotten, einschließlich eines Ledermantels. Meine Stiefel habe ich an und mein Haar fühlt sich feucht und schmierig an.

Mein Kopf fühlt sich so an, als würde er jeden Moment aufzubrechen.

Eine Frau bewegt sich im Raum, ihr rotes Haar wippt auf ihren Schultern auf und ab. Sie trägt einen langen grünen Rock und einen prüden rosafarbenen Pullover, aber die Kurven ihres Körpers drücken sich rebellisch dagegen und weigern sich, so bescheiden zu sein.

Ihre Haut ist blass, ihr Verhalten leicht nervös, und sie steht neben einer großen Stange, auf der ein gerupftes Huhn in einem Pullover sitzt.

Warte eine Sekunde ...

Ich frage mich für einen Moment, ob ich träume, aber die wachsende Unbequemlichkeit des harten Bodens an meiner Seite trägt zu meinen Kopfschmerzen bei und macht es ziemlich eindeutig, dass dies das reale Leben ist. Ich sehe mich erneut verwirrt um, nichts um mich herum kommt mir bekannt vor.

Dann realisiere ich etwas noch Schlimmeres. *Nichts* ist mir bekannt.

Nicht die Situation, nicht meine Klamotten, nicht die Wunde an meinem Kopf, nicht die Katzen, nicht der ... Papagei, wie ich erkenne, als die Kreatur fröhlich krächzt und die Frau kichert. Ich schließe erneut die Augen und versuche, mich zu konzentrieren. Was habe ich getan, bevor ich herkam?

Ich merke, wie sich mein Magen anspannt, als sich die Realität wie ein kalter Schlag über mich legt. Ich suche in meinem Kopf nach irgendeinem Erinnerungsfetzen, wo ich herkam, wo ich lebe ... wie mein Name lautet. Es ist, als suchte man nach etwas am Grund eines schlammigen Baches; nichts ist klar, und alles, was ich unter der Oberfläche greife, entgleitet mir nach einer Sekunde.

Ich unterdrücke die aufsteigende Panik und lege meine ganze Kraft in die Konzentration. *Wie lautet mein Name? Was tue ich beruflich? Wie sieht mein Gesicht aus?*

Nichts.

Manchmal fühle ich am Ende jeder Frage ein kleines Zucken der Erinnerung, aber nicht genug, um irgendetwas zusammenzusetzen. Mein Name ist irgendetwas Geläufiges, an so viel kann ich mich erinnern. Das ist mein Lieblingsmantel, und aus irgendeinem Grund bin ich darum besorgt. Als die Frau den federlosen Papagei Diogenes nennt, verstehe ich den Witz.

Das ist der Kerl, der Plato vor seinen Schülern mit einem gerupften

*Huhn bloßgestellt hat, nachdem Plato die Menschen als federlose Zwei-
beiner beschrieben hat. Aber wer hat mir das gesagt? Warum weiß ich das?*

Ich kann mich nicht erinnern!

Ich pflüge mich weiter durch den schwarzroten Nebel in meinem
Kopf. Winzige Informationsfetzen treten an die Oberfläche: ein
Schuss, zerbrechendes Glas. Mit schmerzendem Kopf in der eisigen
Kälte. Der Rotschopf, der über mir steht, ein besorgter Ausdruck in
ihrem zarten Gesicht.

Danach ... nichts Klares. Informationen, Wissen ... keine persönlichen Informationen, die fest zu greifen sind. Ich weiß, dass ich Bier
mag und allergisch gegen Meeresfrüchte bin. Ich spreche Italienisch.

Meine Mutter ist Katholikin und tot. Mein Vater ... ist ein weiterer
weißer Fleck. Welche Fähigkeiten habe ich? Welche Augenfarbe?

*Scheiße! Das ist keine gute Situation. Zumindest ist, wer auch immer
das ist, nett genug, sich um mich zu kümmern, während ich mich erhole
von ...*

... was? Wie bin ich hergekommen?

Es gibt nur eine Person zum Fragen: das hübsche Mädchen mit
den sanften grauen Augen.

Ich sehe für einen Moment zu, wie sie herumhantiert, dann dreht
sie sich zu mir um und blinzelt überrascht, als sie meine geöffneten
Augen bemerkt.

„Hallo", bringe ich heraus. Mein Hals fühlt sich an, als hätte ich
mit Sand gegurgelt.

„Oh mein Gott, du bist wach! Ich dachte, du würdest vielleicht gar
nicht aufwachen." Ihre melodische Stimme zittert. Nervosität oder
Erleichterung?

„Na ja, ich bin wach, aber äh ..." Ich drücke mich langsam in eine
Sitzposition und knirsche wegen des Schmerzes in meinem Kopf mit
den Zähnen. Zwei der Katzen stehen auf, die schwarze blinzelt mich
an und die andere mit dem grauen Fell ist ein verdammter Waschbär!
„... was zur Hölle?"

„Oh, das ist Berry, du sitzt auf seinem Platz." Sie klingt noch zittri-
ger. Sie ist nervös ... wegen mir?

Die dritte Katze, schlank und gestreift, hebt den Kopf und niest

— dann erkennt sie, dass ich wach bin und schießt durch die Tür. Die anderen Tiere bewegen sich wachsam von mir weg. Sie kennen mich nicht.

„Wie ist dein Name?", fragt sie mich. Sie hat Probleme mit Augenkontakt. Ihre Gliedmaßen sind angezogen, als wolle sie sich verstecken.

Keine Angst. Schmerzhaft introvertiert. Und ich bin ein Fremder.

„Ich habe irgendwie gehofft, du könntest mir das sagen", seufze ich und fasse behutsam nach oben, um die schmerzende Stelle an meinem Kopf zu berühren. Getrocknetes Blut, aufgeschürfte Haut und ein tiefer, pochender Schmerz.

Ihr Mund öffnet sich. „Du ... du kennst deinen Namen nicht?"

Ich schüttle den Kopf — und höre mit verzogenem Gesicht sofort auf. „Aua." *Das werde ich für eine Weile nicht mehr tun.*

„Oh, tu das nicht, du hast kaum aufgehört zu bluten." Sie macht einen Schritt auf mich zu und zögert, die Hände in der Luft, als wäre sie nicht sicher, wie man mit gedächtnislosen Menschen auf ihrem Boden umgeht.

„Ich werde überleben", grummle ich sanft und sie wird rot, wobei sie wegsieht. Sie ist hinreißend — aber angespannt. Obwohl ich hier der Verletzte auf dem Boden bin. „Wie ist dein Name?"

„Äh, Eve", antwortet sie und blinzelt mich immer noch an, als wären mir gerade Hörner gewachsen. „Du erinnerst dich wirklich an gar nichts?"

„Kaum. Ich weiß nicht einmal, wie ich hier hochgekommen bin, oder wie ich verletzt wurde." Ich versuche aufzustehen und der Raum neigt sich.

Sie eilt nach vorne, die Verlegenheit vergessen, um mir aufzuhelfen. Sie ist zierlich und ich bin ... es nicht, aber sie bringt trotzdem ihre Schultern unter meinen Arm und stützt mich mit unerwarteter Kraft. Sie stößt kleine Geräusche der Anstrengung aus, während sie mir zu der breiten, braunen Couch hilft, gibt aber nicht auf.

Ihr Haar riecht leicht nach süßen Blumen: Jasmin? Das Wort kommt mir ohne Kontext, während ich gegen den plötzlichen Drang ankämpfe, sie näher an mich zu ziehen. Es ist ausgeschlossen, dass sie bereit ist — und ich weiß immer noch nicht, was zur Hölle vor sich geht.

Ich lasse mich auf die Couch fallen und stöhne vor Unbehagen, dann untersuche ich mich. Meine Hände sind leicht abgeschürft, ein paar willkürliche Schmerzen, und als ich den Mantel betrachte, sehe ich etwas Alarmierendes: ein frisches Einschussloch.

„Wie lange war ich weg?" Ich beginne meine Taschen zu durchsuchen. Geldbeutel, Schlüssel, Handy. Ich fühle etwas unter meinem Arm und greife unter den Mantel—ein leeres Schulterholster.

Ich erstarre. *Warum habe ich ein Holster? Und wo ist die Waffe?*

Sie blickt auf den Laptop auf dem Tisch hinter ihr. „Es können nicht mehr als sechs Minuten gewesen sein. Du bist auf meiner Veranda zusammengebrochen und ich habe dich hineingezogen."

Sechs Minuten. „Das ist nicht allzu schlimm."

„Ich habe mir Sorgen gemacht. Wie geht es dir? Ich wollte gerade einen Rettungswagen rufen." Sie bückt sich, um den Waschbären hochzuheben, der an ihrem Bein scharrt, und ich bekomme einen Blick in ihr Dekolleté. Die Haut ihrer Brüste ist so glatt, dass sie schimmert.

Verdammt.

„Na ja, mir wurde auf den Kopf geschlagen, darin üben ein paar Schlagzeuger und ich habe keine Erinnerung. Ansonsten geht es mir gut." Ich runzle die Stirn. „Ich bin allerdings froh, dass du keinen Rettungswagen gerufen hast."

„Hm?" Sie setzt sich an ihren Tisch, mir schräg gegenüber, wobei sie das Fellknäuel immer noch hält, als wäre es ein Baby. Das Tier scheint es auch nicht zu stören.

„Es wäre nicht die beste Idee. Da ist ein Einschussloch in meinem Mantel und ich habe vielleicht auch einen Streifschuss am Kopf abbekommen." Ich untersuche erneut die Wunde und zwinge mich dann dazu, meine Hand wieder zu senken. „Wer auch immer das getan hat, ist vermutlich nicht auf der richtigen Seite des Gesetzes und sucht vielleicht nach mir."

Sie erblasst. „Wir sind hier mitten im Nirgendwo."

„Wo ist ‚hier'?" Das ist offensichtlich eine Hütte, wenn sie ein

Waschbärbaby hat, das einfach bei ihr lebt, dann sind wir vermutlich irgendwo im Wald.

„Berkshires. Wir sind ungefähr eine Meile von der Straße entfernt, ganz oben. Und es kommt ein Schneesturm." Sie ist besorgt und introvertiert und bezaubert mich mit jeder Sekunde mehr. „Willst du die Polizei rufen?"

„Nein", sage ich so schnell, dass es selbst mich überrascht. „Ich weiß noch nicht einmal, was ich ihnen sagen soll." Aber da ist noch etwas hinter meiner Ablehnung: abrupte, unerklärliche Angst. Wer auch immer ich bin, und wie auch immer es dazu kam, dass ich in den Bergen von Massachusetts angeschossen und k.o. geschlagen wurde, ich bin vermutlich nicht die Art Kerl, die gerne eng mit der Polizei zu tun hat.

Und das gibt Grund zur Sorge.

„Was willst du tun?", fragt sie leise. „Ich bin außer den Tieren nicht an Gesellschaft gewöhnt, aber du bist verletzt und der Sturm bringt eisig kalten Wind im zweistelligen Minusbereich mit sich."

Meine Augenbrauen gehen in die Höhe. „Verdammt. Kannst du einen dieser Fensterdecken zur Seite ziehen, damit ich nach draußen sehen kann?"

Sie nickt und geht zu dem breiten Frontfenster, das von einem schweren, gesteppten Stoff bedeckt ist, der mit Klettband am Rahmen befestigt ist. Sie öffnet es mit einem reißenden Geräusch, das den Papagei aufgeregt mit den Flügeln schlagen lässt.

„Was zur Hölle ist mit deinem Papagei passiert?", frage ich, während sie vorsichtig den Stoff wegnimmt. Der Vogel beäugt mich und neigt den Kopf.

„Äh, er war in schlechten Umständen, bevor ich ihn bekommen habe, und er hat begonnen, sich seine Federn zu rupfen. Sobald er weniger gestresst ist, hoffe ich, ihm diese Angewohnheit nehmen zu können. Er hat ein paar Federn unter dem Pullover, aber er ist im Moment immer noch recht nackt." Sie rollt die Unterseite des Stoffs hoch, um das Fenster zu zeigen, und ich kann nicht anders, als zu starren.

Ein steiler, bewaldeter Abhang mit einer einzelnen Fußspur, die den Hügel hoch durch den Schnee führt. Frischer Schnee fällt bereits, kleine Flocken funkeln, als sie vorbeiwehen. Eine gefestigte Straße führt den Hügel hinunter von der Hütte weg, auf der anderen Seite meiner Fußspuren. „Hast du ein Fahrzeug?"

„Einen Jeep und ein Schneemobil. Ich würde nichts davon bei dem Wetter fahren, es sei denn, du wärst immer noch bewusstlos." Sie späht nach draußen in den stärker werdenden Sturm. „Wenn du bleiben willst, bekommen wir das hin. Wenn du allerdings weg willst, ist jetzt der richtige Zeitpunkt dafür."

Ich ziehe es in Erwägung, als ich mir die einsame Fußspur ansehe. Wer auch immer mir das angetan hat, ich bin irgendwie geflohen. Wenn sie meiner Spur nicht zum Haus gefolgt sind, bevor der Schnee begonnen hat, sie zu bedecken, dann werden sie jetzt viel Freude daran haben, mich zu suchen.

Ich öffne den Geldbeutel und betrachte das Bündel Geld und die beiden Ausweise darin, dann schließe ich ihn wieder, lehne mich zurück und schließe die Augen. Keiner der Namen ist meiner. Als ich das Handy kontrolliere, kann ich mich nicht an den Sperrcode erinnern.

Sie bedeckt das Fenster wieder und mein Blick wandert über sie: schüchtern, süß, verletzlich und mitfühlend, mit einem Körper, nach dem sich meine Hände bereits sehnen.

Vielleicht kann ich für eine Weile etwas gegen ihre Einsamkeit tun?

Und wirklich vielleicht hierbleiben, bis ich eine Ahnung habe, was vor sich geht? Wer auch immer versucht hat, mich zu erschießen, sucht vielleicht immer noch nach mir. Abzuwarten, bis der Sturm vorbei ist, wird mir die Möglichkeit geben, genügend Erinnerungen wachzurufen.

„Ich würde gerne ein paar Tage bleiben, wenn das in Ordnung ist", antworte ich, und sie nickt, wobei sie mir ein winziges Lächeln anbietet.

4

EVE

Er hat kein Gedächtnis und jemand hat versucht ihn zu töten. *Ich fühle mich wie in einem Agentenfilm.*

Außerdem habe ich eine solche Attacke der Befangenheit, dass ich begonnen habe, im Wohnzimmer zu hantieren, bis er höflich hustet und ich aufhöre, um mit einem Kissen in der Hand in seine Richtung zu sehen.

„Weißt du, du hast mich aus der tödlichen Kälte gezogen und lässt mich in deinem Zuhause bleiben. Du musst nicht auch noch für mich aufräumen." Sein Lächeln schmilzt meine Nervosität wie Sonnenlicht den Schnee.

Ich werde rot und lege das Kissen hin. „Es ist nur weine Weile her", murmle ich mit noch immer heißen Wangen. Ich kann ihn nicht lange ansehen, er kann mich starren sehen, also wende ich nach einem kurzen Augenkontakt schnell den Blick ab.

Er ist zu gutaussehend! Was könnte passieren, wenn er erkennt, dass ich nicht aufhören kann, ihn anzusehen? Gutaussehende Männer können die grausamsten sein. In seine strahlenden, kohleschwarzen Augen zu sehen, ist, als würde man in die Sonne starren; ich kann nicht zu lange hinsehen, sonst fängt es an zu schmerzen.

Kein Mann hat mich je berührt. Natürlich habe ich in den letzten sechs Jahren nicht versucht, mit jemandem auszugehen. Aber davor, in meiner unbeholfenen Teenagerzeit, war es tagein und tagaus Zurückweisung.

Jetzt sitze ich einem Mann gegenüber, von dem ich mir bereits wünsche, er würde mich berühren, der in meinem Zuhause sitzt und jeden Grund hat, mich freundlich zu betrachten, da ich ihn gerettet habe. Und ich bin immer noch so nervös, dass ich kaum atmen kann!

„Wie soll ich dich nennen?", frage ich und verwende meine nervöse Energie stattdessen dazu, um uns Tee zu machen. Berry folgt mir immer noch umher, versteckt sich hinter meinen Beinen und späht zu dem Neuling, der jetzt, wo er wach ist, einschüchternder wirkt.

„Ich hoffe immer noch, dass ich mich bald erinnere." Er schenkt mir ein schiefes, ironisches Grinsen. „Daran und an den Sperrcode meines Handys." Er sitzt aufrechter, sein Ausdruck ist wachsamer. „Danke hierfür."

Wie soll ich darauf reagieren? Wäre ich so bereit, ihn aufzunehmen, wenn es kein Notfall wäre, egal wie heiß er ist? Allein heißt sicher, und ich gebe meine Sicherheit nicht leicht auf.

Außer ... sieh ihn dir an! Er sieht aus wie ein verwundeter römischer Gott. Ich könnte den ganzen Tag hier sitzen und ihn malen! Der einzige Grund, aus dem es nicht gut aussähe, wäre, dass ich meine Hände nicht vom Zittern abhalten könnte.

Ich mache ein leises Geräusch der Bestätigung und bringe ihm seine Tasse, nachdem ich ein wenig Honig in den Tee gegeben habe. „Bist du sicher, dass du dich nicht von einem Arzt durchchecken lassen willst?"

„Nein, es ist das Risiko des Fahrens nicht wert. Außerdem fühle ich mich nicht mehr so schlecht, jetzt wo ich warm werde. Ich bin vermutlich wegen der Kälte zusammengebrochen." Er hat einen leichten Akzent. Spanisch vielleicht?

Er nimmt die Tasse, unsere Finger streifen sich, und ich lasse sie fast fallen, bevor er sie gut greifen kann.

„Oh, entschuldige", murmle ich und er lächelt nur kopf-schüttelnd.

„Du bist wirklich nicht an andere Leute in deiner Nähe gewöhnt, oder?"

Das lässt mich erschauern, als Erinnerungen zurückkehren. Ich schiebe sie beiseite. Zumindest habe ich Erinnerungen, auch wenn die meisten beschissen sind. „Ich, äh ... bin mit Absicht hierher-gezogen."

Diese Tage liegen weit hinter mir, und ich bin frustriert, dass mich trotzdem immer noch dieselbe Angst packt.

„Ich verstehe. Dann gibst du dir für mich besondere Mühe." Seine tiefe, warme Stimme hat einen reumütigen Unterton, und ich schüttle hastig den Kopf.

„Ich könnte nicht mit mir leben, wenn ich dich einfach hätte erfrieren lassen oder dich jetzt in die Kälte stoßen würde." Einer der Wege, um mit mir leben zu können, besteht darin, besser als meine Missbrauchstäter zu sein. Selbst wenn das bedeutet, jetzt einen kräf-tigen Fremden in meinem Haus zu haben, der vor kurzem vielleicht in eine Schießerei verwickelt war.

Es ist komisch, daran zu denken, besonders da ich den Kontext nicht kenne. Ist er ein Undercover-Polizist? Das würde Sinn ergeben, auch wenn es die falschen Ausweise unter anderem Namen in seinem Geldbeutel nicht tun.

Auf gewisse Weise ist es ein Trost, dass er so wenig weiß wie ich. Es sei denn natürlich, er lügt ... es wäre nicht das erste Mal, dass mich ein Mann anlügt. Aber irgendwie glaube ich das nicht. Viel-leicht ist es die Sorge, die in den tiefen dieser schwarzen Augen liegt?

„Naja, ich habe verdammtes Glück, mitten im Nirgendwo eine nette Person getroffen zu haben. Vermutlich einer der wenigen gütigen Menschen hier." Seine Augen funkeln, und ich sehe schnell weg, wobei ich einen brühend heißen Schluck Tee trinke.

„Nicht jeder hier ist so schlimm." Zumindest nicht in kleinen Dosen. „Sie bleiben überwiegend für sich, außer die Touristen, die in die Skihütte gehen."

Er hält kurz inne, als er seine Teetasse zum Mund hebt und die Stirn runzelt. „Skihütte?"

„Ja, es ist, äh ... einer der größten Verkaufsschlager hier in der Gegend. Warum?" Sein ganzer Körper hat sich angespannt. „Erinnerst du dich an etwas?"

„... vielleicht. Es ist zu unklar." Er murmelt etwas Unverständliches mit frustrierter Stimme. „Ich hoffe nur, dass dieser Gedächtnisverlust so vorübergehend wie meine Bewusstlosigkeit ist."

„Du solltest vermutlich ein MRT machen lassen, sobald der Sturm vorbei ist." Bin ich zu aufdringlich? Er nickt nur.

„Ja, ich muss sichergehen, dass kein bleibender Schaden entstanden ist. Ich scheine mich allerdings schnell zu erholen. Das ist gut", sagt er, bevor er einen weiteren Schluck Tee trinkt.

„Es ist grüner Tee mit getrockneten Mangostücken. Ich dachte, Tee mit Honig würde helfen." Meine Wangen werden wieder warm. *Er hat danke gesagt. Er mag Tee. Vielleicht wird er mich mögen.*

Dann werde ich verzweifelt. *Was tust du? Konzentriere dich!*

„Naja, du hattest recht." Er leert seinen restlichen Tee. Außer dem trockenen Blut in seinem Haar sieht er fast aus wie ein Gast und nicht wie jemand, der auf meiner Veranda zusammengebrochen ist. „Es geht mir besser. Ich kann vermutlich selbst aufstehen."

„Würdest du dich, äh, gerne saubermachen?", frage ich zögerlich. Dieses Chaos in seinem Haar sieht nicht angenehm aus.

Er wird munter. „Ja, eine heiße Dusche würde auf viele Arten helfen. Vielleicht kann ich mich sogar noch an ein paar Dinge erinnern. Meine besten Gedanken kommen mir unter der Dusche."

„Wenigstens hat es dir geholfen, dich an das zu erinnern", scherze ich leicht und er lacht. Ich frage mich immer noch, ob er mit mir spielt.

„Es ist komisch", murmelt er und runzelt die Stirn, als er sich auf die Füße stellt und seine Tasse auf den schweren, hölzernen Couchtisch stellt. „Es ist weniger so, dass die Dinge fehlen, als dass sie verdunkelt sind. Als würdest du versuchen, dich an etwas von vor langer Zeit zu erinnern, aber die Details entgleiten dir immer wieder."

„Ich weiß nicht, wie Amnesie funktioniert", gebe ich zu. „Aber du scheinst ansonsten nicht verwirrt zu sein."

„Das war ich zuerst. Ich muss den Fußspuren nach zu urteilen eine Weile lang diesen Berg hinaufgegangen sein." Er hält inne und grinst unbeholfen. „Äh, ich nehme an, dass sie jetzt bedeckt sind."

Ich verstecke ein Lächeln hinter meiner Hand. „Ich habe sie gesehen. Du bist nur umhergetorkelt. Ich wünschte, ich hätte dich dort draußen früher gesehen."

„Du warst da, als ich dich gebraucht habe, und das ist genug", spricht er dazwischen, während er seinen Mantel auszieht. Ich trete nach vorne, um ihn zu nehmen, und etwas fällt aus seinen Taschen zu Boden. Glasstücke, an den Kanten blaugrün—Sicherheitsglas von einer zertrümmerten Windschutzscheibe.

„Autounfall", sagt er plötzlich, erneut mit gerunzelter Stirn. „Das war Teil davon."

„Es ist vermutlich ein hoffnungsvolles Zeichen, dass deine Erinnerung so schnell zurückkehrt", versichere ich ihm, während ich mich frage, welche Situation er überlebt hat.

„Das nehme ich an. Was zur Hölle werde ich über mich herausfinden? Also, wo ist das Badezimmer?"

Ich nehme das Handtuch vom Kissen und reiche es ihm, dann lege ich das Kissen und die Decke für später auf die Couch. „Den Flur entlang, linke Seite."

Er nickt und wirft das Handtuch über seine Schulter, bevor er durch den Flur geht. Ich sehe ihm zu — sein fester Po und der muskulöse Rücken betont durch einen engen Pullover und gut geschnittene Hosen — und kann nur starren, bis er ins Bad und aus meinem Blickfeld verschwindet — gefolgt von Freya, die ihn anmiaut. „Hey, Katze. Willst du mir beim Duschen zusehen? Pelziger Perverser."

Ich würde auch zusehen, denke ich — und werde sofort roter denn je. *Oh mein Gott, hör mir einer zu!*

Warum muss er so heiß sein? Ich könnte besser damit umgehen, wenn er ein gewöhnlicher Kerl wäre. Aber das ist die Situation, und sie muss gehandhabt werden, ohne dass ich mich völlig zur Idiotin mache.

Eins nach dem anderen. Ich gehe zu meinem Laptop und recherchiere Amnesie. Symptome, Anzeichen, Ursachen. Ich überfliege einen Mayo-Klinik-Artikel und runzle die Stirn.

Zwei Arten von Amnesie: die Art, die vergangene Erinnerungen betrifft und die, die einen davon abhält, neue zu schaffen. Eine temporäre Amnesie vergeht nach Stunden, eine andere kann innerhalb von ein paar Tagen oder Wochen nachlassen. Dann gibt es dauerhafte oder semidauerhafte Amnesie.

Die Ursachen sind unterschiedlich. Gehirnerkrankung, Tumore, Gehirnerschütterung und psychisches Trauma.

Wie angeschossen zu werden, einen Autounfall zu haben und fast zu sterben. Er ist ein zäher Ker, aber niemand ist so zäh.

Ich wäre völlig fertig, wenn jemand versucht hätte, mich zu töten. Wenn die Ausweise nicht gewesen wären, hätte ich mich gefragt, ob er ein Opfer der Gewalt im Straßenverkehr war. Sie passiert überall, besonders bei schlechtem Wetter.

Wir werden es irgendwann herausfinden. Ich hoffe nur, dass wir diesen Kerl in Kontakt mit seiner Familie bringen können. Sie müssen sich schreckliche Sorgen machen.

Interessanterweise trägt er keinen Ehering. *Aber er muss eine Freundin haben ... Kerle wie er sind nur single, wenn sie es sein wollen. Mein Herz wird bei dem Gedanken schwer ... aber ich muss daran denken.*

Bleib objektiv!

Das Wasser wird abgestellt, ungefähr eine Minute später öffnet sich die Tür und er lehnt sich hinaus. „Hey", sagt er, „Föhn?"

Er ist halbnackt, als er sich aus der Badezimmertür lehnt, seine Haut glänzt. Meine Augen werden groß. *Oh scheiße!*

Ich habe noch nie zuvor einen unbekleideten Mann gesehen, nicht persönlich. Geschweige denn einen, der so gut aussieht, dass ich ihn jedes Mal anstarre, wenn wer nicht hinsieht. Jetzt gibt es viel mehr anzustarren ... Und ich brauche all meine Willenskraft, um nicht zu sabbern.

Seine Haut glänzt im Licht. Ich sehe ein paar Narben, einschließlich einer neben seinem Bauchnabel, aber sie ist im

Vergleich zum Rest von ihm kaum zu sehen. Ein paar Wasser-
tropfen hängen wie Juwelen an seiner olivfarbenen Haut und
laufen langsam seine Brust hinab, dann über seinen harten Bauch,
um sich in den Haaren unter seinem Nabel zu fangen. Mein Blick
folgt ihnen gierig, bis ich mich erwische und wieder in sein Gesicht
sehe.

„Äh ...“ *Heilige Scheiße. Reiß dich zusammen, Eve.* „Entschuldige, ich
hatte ihn wegen künstlerischer Sachen hier.“ Ich nehme ihn von
meinem Tisch, mein Herz pocht mir in den Ohren und mein Gesicht
kribbelt vor Hitze. Und nicht nur mein Gesicht.

Sexuelles Verlangen hat für mich immer sexueller Frust bedeutet.
Zwischen der Hemmung, der Misshandlung und der Tatsache, dass
ich kurviger war, als es den meisten Jungs gefiel, konnte ich nicht
einmal auf Jungs zugehen, die mir die Knie schwach werden ließen.
Die grausamen Sticheleien wären nur schlimmer geworden.

Ich habe versucht, mein frustriertes Verlangen zu ignorieren wie
meine Einsamkeit. Aber als ich ihn ansehe, durchfährt mich ein
scharfes, beinahe schmerzhaftes Kribbeln, zentriert in meiner Mitte.
Ich möchte ihm fast sagen, er solle herkommen, dass ich ihn mit
Körperwärme trocknen kann, aber ich habe nicht den Mut dazu.

Stattdessen reiche ich ihm den Föhn, und er dreht sich um, um
im Badezimmer zu verschwinden, wobei er mir einen noch besseren
Anblick seines Hinterns gewährt. Ich beiße mir auf die Lippe und
starre, jetzt wo er mir den Rücken zugewandt hat. Die Tür schließt
sich, ich atme aus und schüttle den Kopf.

*Hör auf. Du weißt nichts über diesen Mann—er weiß nichts über sich
selbst. Und du hast sowieso keine Ahnung, wie man flirtet. Mach es nicht
noch schlimmer.*

Ich beschäftige mich damit, Diogenes zu füttern, den Fortschritt
des Sturmes zu kontrollieren (die Fußspuren sind tatsächlich
verschwunden) und mit Berry zu spielen, der mir immer wieder
seinen klingelnden Ball bringt, um ihn für ihn und die Katzen zu
werfen. Ein gutes Dreierspiel von Renn-dem-Ball-hinterher läuft, als
sich die Badezimmertür wieder öffnet.

Mein Besucher kommt oberkörperfrei heraus, Hose und Stiefel

angezogen, den Rest seiner Klamotten in der Hand. „Hey", sagt er mit einem unschuldigen Lächeln. „Hast du hier irgendetwas zu essen?"

Uff. Ich lächle unbeholfen und nicke, dann wende ich mich der Küche zu. „Viel. Komm schon."

Wie soll ich schlafen, wenn dieser unglaublich heiße mysteriöse Mann hier ist?

5

MICHAEL

Unter der Dusche habe ich viele Narben entdeckt. Alt und neu, überwiegend belanglos, manche davon verdächtig aussehend. Eine kleine Sonne im Narbengewebe auf jeder Seite meines rechten Oberschenkels, alarmierend weit oben und nah bei meinen Familienjuwelen. Eine dünne, gedrehte Narbe neben meinem Bauchnabel. Lange, dünne Narben auf meinen Unterarmen und eine auf meinem unteren Rücken.

Ich berühre die Narben in Form einer Sonne, als das Wasser langsam das getrocknete Blut aus meinem Haar wäscht, dann feuert etwas in meinem verunsicherten Gehirn vernünftig. Für einen Moment höre ich einen Schuss, dann ein harter Aufprall auf meinem Bein, als hätte mich jemand geschlagen. Ich blicke hinab und bin überrascht, Blut zu sehen.

Dann blinzle ich und es geht weg, ich betrachte wieder eine Narbe. Das ist eine Schusswunde. Jemand hat vor langer Zeit versucht, mich zu verkrüppeln—oder zu kastrieren. Jetzt merke ich davon nicht einmal mehr ein Zwicken.

Ich fahre mit dem Finger über die Narbe an meinem Bauchnabel und bekomme einen weiteren Flashback. Dieser ist entsetzlicher Schmerz, als ein Messer in mich eindringt. Der Gedanke *Ich habe drei*

Monate lang Antibiotika genommen kommt mir in den Kopf, und dann verschwindet das auch. Ich war in vielen Kämpfen. Bin ich Soldat? Polizist? Söldner?

Ein Betrüger?

Warum zur Hölle kann ich mich nicht erinnern?

Trotzdem hat Eve recht, ich erinnere mich schnell an Dinge. Vielleicht liegt es daran, dass ich endlich warm und weit weg von der Gefahr bin? Die Quelle will nicht zwischen diesen Bildern hervorkommen, egal, wie sehr ich es versuche.

Ich wasche mir sehr vorsichtig die Haare, das heiße Wasser und die Seife brennen auf meiner Kopfhaut. Keine Blutung, aber das Wasser von meinem Kopf wird von fast schlammbraun zu teefarben innerhalb mehrerer Minuten, und es dauert eine Weile, bis es sauber wird.

Währenddessen geht das Pochen in meinem Kopf unverändert weiter und die Schwellung unter der Wunde ist groß geworden.

Zum Glück hat die Wunde nicht erneut geblutet. Was auch immer passiert ist, hat mich ordentlich erwischt, aber nicht mein Leben in Gefahr gebracht. Außer natürlich dem Verlust des Bewusstseins mitten im eisigen Wald.

Ich bin nur froh, dass es auf der Veranda einer so netten und reizenden Frau passiert ist.

Eve. Sie ist bezaubernd und genau mein Typ. Selbst in ihren altmodischen Klamotten habe ich das bemerkt, während ich realisiert habe, dass ich unter Amnesie leide.

Und sie ist einsam. Sehr sogar. Welches Trauma hat sie dazu gebracht, sich in einer Hütte in den Wäldern zu isolieren? Es ändert nicht die Tatsache, dass sie sich nach Gesellschaft sehnt. Die kleine Sammlung an Kreaturen, um die sie sich kümmert, ist Beweis genug.

Vielleicht kann ich etwas dagegen tun? Ich mag sie immerhin bereits, und sie verdient ein nettes Dankeschön dafür, dass sie mein Leben gerettet hat. Ich lächle, während ich mein Haar ein letztes Mal auswasche und mich erneut ansehe.

Wer auch immer ich bin, ich bleibe gerne fit, und nicht nur des Nutzens wegen. Die rasierte Haut macht das klar, zusammen mit der gepflegten Haut. Der Kerl gefällt gerne Frauen, besonders ohne Klamotten.

Kein Ehering, keine Bräunungsstreifen.

Keine Fotos einer Frau in diesem merkwürdig schlichten Geldbeutel. Wie soll ich das verdammte Handy entsperren? Vielleicht kommt mir der Sperrcode wieder ins Gedächtnis, wenn ich lange genug warte?

Es ist seltsam, wie ich mit der Kopfwunde eines Streifschusses, zerbrochenem Glas in meiner Manteltasche und ohne eine Ahnung, wer vielleicht hinter mir her ist, bereits sichergehe, dass ich nicht bereits vergeben bin, damit ich eine junge Frau verführen kann, die ich kaum kenne.

Trotzdem bringt es eine angenehme Ablenkung von all dem Unwissen.

Ich trockne mich so gut wie möglich ab und suche in dem kleinen, pink gefliesten Bad nach einem Föhn. Er ist in keinem der Schränke und der Schubladen. *Hmm.*

Ich wickle das Handtuch um meine Hüfte, sodass ich meiner Gastgeberin nicht einen unerwarteten Blick auf meine Juwelen gebe, und gehe zur Tür, wobei ich der gestreiften Katze ausweiche, die miaut, sich aber nicht an meinem feuchten Bein reibt. „Hey Katze." Ich schiebe sie mit dem Fuß zur Seite, öffne die Tür und lehne mich nach draußen.

Eves Ausdruck, als ihr Blick über mich wandert, sagt mir alles. Es ist schmeichelhaft, als ihr Blick auf meinem Bauchnabel landet, merke ich, wie sich meine Männlichkeit unter dem Handtuch rührt. Ihre Augen werden groß und sie sieht schnell weg, wobei sie eilig den Föhn von ihrem überladenen Arbeitstisch nimmt.

Ich halte mein Lachen zurück, bis ich wieder im Badezimmer bin und das Summen des Föhns mein leises Lachen überdeckt. *Jemand ist verknallt. Das ist einfach bezaubernd.*

Das Problem ist, dass sie mir einen Ständer verpasst hat, an dem ich das Handtuch aufhängen könnte.

Während ich meine Haare föhne, denke ich an den Gang durch den Schnee und versuche mich daran zu erinnern, wie die Kälte in

meine Knochen gesickert ist. Nichts kommt. Nur Frust und meine
wachsende Erschöpfung. Zumindest verschwindet meine Erektion,
ich muss wieder in meine Hose passen!

Ich ziehe den Stoff von dem einzelnen Fenster und blicke hinaus
in das Weiß. Der Sturm hat wirklich zugelegt. Meine Fußspuren sind
verschwunden, mein Pfad vergraben.

Jeder, der versucht hat mir zu folgen, hat sich vermutlich im Bliz-
zard verirrt, wenn er nicht aufgegeben hat und nach Hause gegangen
ist. Ich bin hier definitiv sicher, zumindest so lange der Sturm anhält.
Ich sollte nach der Vorhersage fragen.

Ich ziehe meine Hose und meine Stiefel wieder an, nehme den
Rest meiner Sachen und gehe hinaus—wo ich erneut von Eves aufgerissenen Augen begrüßt werde. *Meine Güte, Mädchen, hast du nie einen
oberkörperfreien Kerl gesehen?*

Sie ist vermutlich Jungfrau! Sie weiß nicht, was sie sagen oder tun
soll, als sie mich entkleidet sieht. Wir plaudern für einen Moment
locker. Ich erwähne das Essen und sie führt mich in ihre Küche. Ich
lasse meine Jacke auf das Sofa fallen und ziehe meinen Pullover an,
bevor ich ihr folge.

„Wie lange soll der Schneesturm anhalten?", frage ich, als sie zu
einem Schmortopf geht, der dampfend auf einer der Holzanrichten
steht.

„Sechsunddreißig Stunden, plus weitere zwölf, bis die Straßen
frei sind. Warum?" Sie holt zwei Steingutschüsseln aus einem
Schrank und beginnt, sie mit duftendem Eintopf zu füllen.

„Ich versuche nur herauszufinden, wie lang meine Begnadigung
ist." Ich schenke ihr ein Lächeln für die Schüssel und den Löffel,
dann setze ich mich an den kleinen Tisch dem Herd gegenüber.

„Zwei Tage, es sei denn, es sind Bond-Bösewichte, die dich auf
Skiern und Schneemobilen verfolgen. Dann anderthalb Tage." Sie
versucht Witze zu machen. Ich lache und tue absichtlich so, als
würde ich die Blicke nicht bemerken, die sie mir zuwirft.

„Das sollte mir ein wenig Vorbereitungszeit geben. Ganz zu
schweigen von einer Chance auf Erholung ... Also, da ich überhaupt
nichts über mich weiß, erzähl mir von dir."

„Oh, ich, äh ..." Sie setzt sich vorsichtig auf ihren Stuhl, nimmt ihren Löffel und legt ihn dann wieder weg. „Naja, ich bin Künstlerin. Ich bin zum Arbeiten hergekommen. Ich bin ursprünglich aus Portland in Maine." Sie sitzt steif da, Haltung und Gesichtsausdruck sind angespannt.

Ich nehme einen Bissen des Eintopfs, um ihr einen Moment zu geben, wobei ich kaue und schlucke. Er ist gut — überraschenderweise ausreichend gewürzt.

„Ich bin wegen der Kunstschule nach Boston gekommen und wollte bleiben." Sie stochert mit dem Löffel im Eintopf herum. „Ich ... hatte nicht wirklich etwas, weswegen ich zurückkehren konnte."

„Ist Portland so beschissen?" Ich habe keine Erinnerungen an Maine. Stephen King lebt dort, aber sonst weiß ich nichts.

„Das ... das war es für mich." Sie verzieht das Gesicht und nimmt einen winzigen Bissen. „Nichts Lebensbedrohliches, aber ... es war jeden Tag."

„Was meinst du?", frage ich sanft.

„Jeder. Familie, Kinder in der Schule, andere Leute. Sie haben ... mich einfach nicht gemocht." Sie seufzt. „Und sie hatten verschiedene Wege, um es mir zu zeigen."

Da steckt noch viel dahinter, von dem sie mir nichts erzählt. Sie will vermutlich vor einem Kerl ohne Erinnerung und mit einer Schusswunde am Kopf nicht wie eine Heulsuse wirken.

„Ist das ein schwieriges Thema?" Es war vielleicht tatsächlich anstrengend, einen Gast zu haben.

Wer auch immer ich bin, ich scheine gut darin zu sein, Details über Leute zu bemerken. Vielleicht habe ich einen Abschluss in Psychologie? Oder ich bin Ermittler?

Es ist, als würde ich auf einen Tisch voller Puzzleteile starren und darin Teile des Bildes sehen, aber nicht, wo was hingehört. Ich kann mehr der Teile erkennen, aber es ist immer noch rätselhaft und ärgerlich.

„Es geht mir gut", erwidert Emily standhaft, aber das tut es nicht. „Wie auch immer ... Portland war kein guter Ort für mich. Zu viele schlechte Erinnerungen."

Ich höre ein Quietschen und sie bewegt sich leicht. Berry klettert ihren Rock hoch, um auf ihren Schoß zu kommen. „Ich bin sicher, es ist nichts, was du verdient hast", sage ich, als der Waschbär seinen Kopf über die Tischplatte hebt und die Nase in Richtung des Eintopfes streckt.

„Nein, war es nicht." Sie lächelt, während sie den Waschbären streichelt. „Aber solche Leute brauchen keine Gründe. Sie brauchen nur Ausreden."

Irgendwie kommt mir das fürchterlich bekannt vor. Die Bestürzung, die in mich hineinsickert, ist tiefer und hässlicher als alles, wofür Tyrannen oder sogar Missbrauchstäter verantwortlich sein könnten. Ich spüre, dass sie etwas wirklich Fürchterliches verbirgt. Oder ist sie nur eine empfindliche Seele und eine der hässlichsten Erinnerungen späht durch den Nebel hindurch?

„Ich verstehe. Also wie bist du zur Kunst gekommen?" Ich halte ein Lächeln zurück, als sie ihre Schüssel außerhalb der Reichweite der gierigen Waschbärenpfoten hebt.

„Als Kind habe ich mir in meinen Tagträumen Länder, Kreaturen, solche Dinge ausgedacht. Ich habe begonnen sie zu malen, ab dem Alter von zehn." Wieder dieser zögerliche Anflug eines Lächelns.

„Das klingt cool. Nach dem Abendessen würde ich es gerne mal sehen." Ich esse weiter, während sie nickt.

„Äh, kein Problem." Ein Ausdruck der Überraschung in ihrem Gesicht, als würde sie erkennen, dass ich tatsächlich interessiert bin.

Sie ist definitiv Jungfrau. *Faszinierend.*

Ich sollte sie zu nichts drängen. Langsam. Aber je mehr ich darüber nachdenke, desto mehr will ich sie verführen.

Verdammt, im Moment würde ich sie einfach gerne umarmen. Sie scheint so vom Leben getreten worden zu sein, auch wenn die Dinge jetzt okay sind.

„Der Eintopf ist wirklich gut. Ist das Hammelfleisch?" Es hat genug Knoblauch, dass ich nicht sagen kann, welches leicht nach Wild schmeckende Fleisch es ist.

„Reh. Einer meiner Nachbarn tauscht während er Jagdsaison für

Versandsachen mit mir. Die Pilze sind allerdings aus dem Laden. Meine Fähigkeiten bei der Nahrungssuche sind nicht die besten."

Sie nimmt einen weiteren kleinen Bissen, als wäre sie zögerlich, vor mir zu essen. „Ich habe Amnesie recherchiert, während du geduscht hast."

Ich lege interessiert meinen Löffel hin. „Ja?"

„Deine Pupillen haben die gleiche Größe, und du zeigst keine Anzeichen einer Gehirnerschütterung. Aber Gehirnerschütterung ist eine der Ursachen. Ich nehme an, je milder die Gehirnerschütterung, desto milder die Amnesie, aber ich bin kein Arzt."

„Hm." Ich esse weiter, während sie am Rest ihres Tees nippt. „Was sind die anderen möglichen Ursachen."

„Drogen, Hirnerkrankung, Tumor und, äh ... Trauma." Sie wird ein wenig rot, ihre blasse Haut verfärbt sich rosa. „Wie PTBS-Trauma."

„Das Letzte beschreibt mich nicht sehr gut." Ich lache ... aber dann geben mir diese kalte Gefühl in meinem Bauch und die Kopfschmerzen eine frische Erinnerung.

Da ist etwas in meiner Vergangenheit, was mich nächtelang wachhalten wird, wenn ich mich daran erinnere. Nicht zu wissen, was es ist, stört mich sehr.

„Wir sollten dich ins Krankenhaus bringen, wenn der Sturm vorbei ist." Daran hat sie sich festgebissen. Aber sie ist besorgt — und das aufrichtig, obwohl sie mich erst getroffen hat.

Es wärmt mir das Herz — und meine Lenden. „Du hast das jetzt zweimal erwähnt. Ich nehme an, deine Suche hat dir Angst gemacht?" Ich schenke ihr ein schiefes Lächeln.

„Ja, ich folge den Empfehlungen und meinem Instinkt. Ich kann dich hinbringen, sobald die Straße wieder frei ist." Sie redet schnell, verlegen durch ihre Sorge.

„Okay. Du hast recht. Ich werde mit dir gehen und mich untersuchen lassen, sobald es möglich ist." Ich esse weiter. Der Geschmack des Eintopfs hat mich daran erinnert, dass ich verhungere. Zuvor habe ich es wegen des Schmerzes nicht gemerkt. Ich schaufle es so schnell wie möglich herein, ohne geschmacklos zu sein oder es auf meine Kleidung zu bekommen.

„Okay." Sie lächelt erleichtert und ich nicke. Sie hat wirklich ein großes Herz.

Und erneut kann ich beim Blick in ihre sanften grauen Augen nur daran denken, sie vor faszinierter Lust größer werden zu lassen, während sie unter mir liegt. Ich drücke unter dem Tisch meine Erektion nach unten und wechsle das Thema. „Wie bist du zu dem Waschbären gekommen?"

„Er war als Baby auf der Straße neben seiner toten Mutter, also habe ich ihn aufgenommen und mit der Flasche gefüttert, bis er feste Nahrung zu sich nehmen konnte." Der Waschbär späht von ihrem Schoß aus wieder über die Tischkante und sie streichelt seinen Kopf, bevor sie ihn sanft aber entschieden wieder nach unten drückt.

„Und die Katzen?"

„Gerettet, wie den Papagei. Ich mag Tiere. Wenn ich mit Menschen umgehen könnte, wäre ich vermutlich Tierärztin geworden." Sie isst von ihrem Eintopf, als würde sie sich dazu zwingen, langsam zu sein und winzige Bissen zu nehmen. „Ich nehme an, du würdest es nicht wissen, ob du Haustiere hast."

„Nein, ich glaube, ich habe keine. Ansonsten wäre ich vermutlich besorgter. Sind sie trainiert?" Ein weiterer Bissen. Jeder Löffel ist nahrhaft.

„Äh, naja, Diogenes kann ein wenig Griechisch und kann in fünf Sprachen fluchen", beginnt sie und ich unterbreche sie mit ehrlichem Lachen.

„Wo hast du ihn gerettet, von einer multikulturellen Bande aus Juwelendieben?" Ich sehe zu, wie der Waschbär über die Tischkante hinweg mit mir Guckguck spielt, wodurch ich fast verpasse, wie Eves Lächeln wieder verblasst.

„Er war, äh, in einer schlechten Situation, wie ich", sagt sie einfach. Ich nicke, und nach einem Moment fährt sie fort. „Meine Tiere ... wir haben einander alle irgendwie gerettet. Ich habe sie aus schlechten Situationen geholt, und sie halten mich davon ab, wieder depressiv zu werden. Und die Katzen haben Berry genauso großgezogen wie ich."

„Irgendwelche menschlichen Freunde?" Ihre Isolation erschüttert mich, jetzt wo ich weiß, dass sie durch das Verstecken vor Verletzung entstanden ist.

„Ich kenne ein paar Leute in der Stadt."

„Aber keine Freunde. Nicht wirklich." Sie ist hübsch, klug, süß und nett und hat interessante Hobbys. Was gibt es da nicht zu mögen?

„Nein", murmelt sie. „Bei manchen dachte ich, sie wären meine Freunde, aber es hat nicht funktioniert." Der Schmerz in ihren Augen vertieft sich und ich möchte plötzlich den finden, der ihr wehgetan hat und —

— und was?

Ihn verdammt nochmal erschießen!

Ich lehne mich mit aufgerissenen Augen zurück, blinzle auf die Tischplatte und sie fragt sofort: „Was ist los?"

„Nichts", erwidere ich hastig. „Ich glaube nur, dass du mit ein paar ziemlich beschissenen Menschen gelebt hast." *Was war das?*

Der Gedanke, den Menschen Gewalt anzutun, die Eve verletzt haben, kam völlig natürlich, ohne Reue oder Hemmung. Was für ein Mann bin ich?

„Wie auch immer, wenn du einen Freund brauchst, du hast bewiesen, dass du ein guter bist. Also ich bin dabei." Obwohl ich keinerlei Absicht habe, nur ein Freund zu sein, möchte ich nichts anfangen, bevor ich weiß, dass sie dazu bereit ist. Ansonsten werden wir nur Freunde.

Als Antwort schenkt Eve mir das erste richtige Lächeln, das ich von ihr gesehen habe, und meine Sorgen schmelzen in ihrem Lächeln hinweg.

6

MICHAEL

„Du kannst einen solchen Job nicht sausen lassen, Mikey." *Die Stimme hallt mir nach, als käme sie durch einen langen Tunnel. Sie ist männlich, tief, hat einen französischen Akzent. Nein, das stimmt nicht, nicht französisch — aus Québec.*

„Ich bin fertig, Bertrand. Es reicht. Ich habe dem Boss gesagt, keine Kinder." Ich bin wütend, beleidigt. Außerdem ist eine Waffe auf mich gerichtet. Ich starre herausfordernd in den Lauf.

„Wenn der Boss sagt, dass du Kinder erledigst, erledigst du Kinder. Seine Mommy hat uns verlassen, sie wusste, was der Preis sein würde. Jetzt müssen wir ihn loswerden. Er ist oben in der Skihütte mit seinem Daddy, der gleiche wie Lucca." Das Gesicht des Mannes ist ein frustrierender Schleier, er stinkt nach Zigarren und Wein.

„Und was wirst du tun, wenn ich es nicht tue?", gebe ich zurück, während der Verrat seine Klauen in mein Herz treibt. Dieser Mann ist ein Freund. Er war mein Betreuer. Aber er war verdammt schnell damit, eine Waffe auf mich zu richten, wenn ich das ablehnte, was er einen ,Nebenjob' nennt.

„Und dann? Wir erschießen sie nicht, weil der Boss sie zurückhaben will, um für ihn zu vögeln? Stattdessen bringen wir ein unschuldiges Kind

um?" Mir ist speiübel. Derselbe Ekel, der mich flüchtig beim Abendessen verfolgt hat, überwältigt mich jetzt.

„Das ist absolut richtig. Ich werde sie einsammeln, während du eine Kugel in das Kind jagst. Mach es schnell, Mikey, aber ich schwöre bei Gott, wenn du einen Rückzieher machst, verpasse ich dir genau jetzt eine Kugel." Sein Gesicht wird klar: fast quadratisch, dunkel, Hängebacken. Seine Augen sind von dumpfem Haselnussbraun.

„Nach zehn verdammten Jahren, Bertie, willst du mich abknallen, weil ich kein Kind erschießen will? Meine Güte." Ich lache bitter und schüttle den Kopf. „Du bist widerlich."

„Sieh mal, es ist nicht meine Entscheidung." Ein kurzes Aufflackern des Zweifels in seinen Augen, aber diese Waffe ist immer noch auf mich gerichtet. „Du bist sein bester Auftragskiller. Wenn irgendjemand das schnell und still machen kann —"

Ich atme tief ein, spanne die Hände an und ignoriere die Waffe im Holster unter meinem Arm. Ich kann sie nicht rechtzeitig ziehen.

Ich muss nicht.

„Tu die Waffe weg, Bertrand, lass uns reden. Du weißt, was mit Leuten passiert, die Waffen auf mich richten." Warum habe ich keine Angst vor diesem gähnenden Waffenlauf? Ein Zucken seines Fingers und sie wird mir den Tod mitten in die Stirn bringen—aber hauptsächlich macht mich wütend, dass er sie auf mich richtet.

„Nein, versuch keinen Scheiß mit mir." Seine Lippen verziehen sich. „Ich habe meine Anweisungen, Mikey!"

Ich hole aus—und schlage seine Hand mit der Waffe darin zur Seite, wodurch die Kugel im Baum hinter mir landet. Dann nehme ich ihm die Pistole ab und richte sie auf ihn.

Bertrand blinzelt angsterfüllt in den Lauf seiner eigenen Waffe, als ich mich aufrichte. „Und jetzt hast du neue Anweisungen", knurre ich. „Nimm deine anderen Waffen ab. Langsam."

Er schluckt und wird unter seiner halb algerischen Haut blass, dann bückt er sich, um seine .38 aus seinem Knöchel-Holster zu holen. Ich kann jetzt um uns herum sehen: ein Wald, Schnee auf dem Boden. Sehr bekannt.

„Mach jetzt nichts Verrücktes, Mickey", flüsterte er mit zitternder Stimme. Es widert mich noch mehr an, und als er sieht, wie mein Blick fins-

terer wird, werden seine Augen groß. „Oh, komm schon, sind wir nicht Freunde?"

„Vor zwanzig Sekunden waren wir das nicht", erinnere ich ihn und er sieht aus, als würde er sich gleich einnässen, als er seine .38 in den Schnee wirft. Sie landet an den Wurzeln eines vom Blitz gespaltenen Baumes und sinkt nach unten.

Ich drücke die Mündung an seine Stirn und er beginnt in der Kälte zu schwitzen. „Lauf", verlange ich.

„Was wirst du mit mir tun?", fragt er, als er sich umdreht, um in den Wald zu gehen.

Ich schlage ihm mit dem Lauf auf den Kopf und er bricht schlaff zusammen, wobei sein Fall durch den Schnee gebremst wird. Ich suche nach seinem Handy und stecke es neben mein eigenes in meinen Mantel. Jetzt wird er keine Hilfe bekommen, ohne in die Stadt zu gehen.

„Bye, Bertie", seufze ich, als ich mich umdrehe, um zu meinem Auto zurückzugehen. Die .44 landet in einer Tasche, während meine Wut noch mehr an mir nagt. „Es war eine schöne Zeit."

Zehn verdammte Jahre, in denen wir beste Freunde waren, und dann versucht er mich dazu zu zwingen, als verdammten Nebenjob ein Kind umzubringen! Er weiß, dass ich einen Kodex habe. Er ist schon einmal für mich eingetreten, da ich einen habe. Was hat sich verändert?

Ein Teil von mir will ihn erschießen. Aber derselbe Teil von mir, der mich nach mehr als einem Jahrzehnt einen Job ablehnen lässt, hält mich davon ab, den Abzug zu drücken.

Stattdessen fahre ich weg.

Bertie weiß nicht, dass ich das bereits seit Monaten plane. Der Mord an einem Kind brachte das Fass endgültig zum Überlaufen. Ich bleibe in den Staaten und lasse Montreal hinter mir.

Mit sechs Millionen Dollar, nach zehn Jahren der Arbeit zurückgelegt, habe ich die wenigen persönlichen Dinge, die ich behalten möchte, bei mir. Die schicke Wohnung mit ihren dekorativen Möbeln und Kunstwerken kann meinetwegen brennen.

Meine Freiheit ist wesentlich mehr wert.

Ich bin tief in den Berkshires, auf derselben Landstraße, als ich zu spät erkenne, dass ich Bertrand doch in den Kopf hätte schießen sollen. Ich weiß es mit Sicherheit, als zwei dunkle Gestalten eine Viertelmeile vor mir auf die Straße treten und ihre Waffen auf mich richten. Ich drücke auf das Gaspedal, als sie das Feuer eröffnen —

Ich werde keuchend auf Eves Couch wach und setzte mich schnell auf — was mir einen stechenden Schmerz im Kopf einbringt. „Aua, scheiße", murmle ich und erinnere mich kaum rechtzeitig daran, nicht nach der Stelle zu greifen.

Ein Traum. Nur ein Traum. Außer ... irgendwie ist es das nicht. Ich wurde von Männern angeschossen, die auf die Straße traten, während ich hinter dem Steuer meines Autos saß. Ich muss meine Verletzung bekommen haben, als eine Kugel durch die Windschutzscheibe ging. Dann kam der Unfall ... ich kann mich an keine Kollision erinnern, aber das muss passiert sein.

Und mein Name. Michael.

Und mein Job.

Ich bin ein verdammter Auftragskiller! Sie haben versucht mich zu töten, als ich gehen wollte.

Das kann nicht sein! Das ist wie etwas aus einem Brian De Palma-Film. Niemand lebt wirklich so sein Leben.

Oder?

Zitternd schließe ich die Augen im Dunkeln und versuche mich zu konzentrieren. Manche Details des Traums verblassen bereits.

Vielleicht war es metaphorisch? Vielleicht hat es nichts mit der Realität zu tun und ich habe nur solche Träume, weil ich eine Kopfverletzung habe?

Ich beginne mich zu beruhigen und ignoriere das merkwürdige Gefühl der Sicherheit, dass mein Traum Wirklichkeit war. Immerhin wache ich immer noch auf. Im Moment wird mein Gehirn versuchen, die Lücken in meiner Erinnerung mit jeder Unwahrscheinlichkeit zu füllen, die es findet.

Hoffe ich.

Ich sehe mich in dem warmen Raum um, erkenne im orangefarbenen Schimmer hinter dem Ofenrost die Umrisse der Möbel, des Pelletofens und des schlafenden Papageis auf seiner Stange. Was auch immer das war, es hat mich nervös und in der Hoffnung zurückgelassen, dass es keine akkurate Erinnerung war.

Ein Knarren der Treppe und ich sehe auf, um eine kurvige Gestalt im Bademantel herunterkommen zu sehen, das Gesicht im Dunkeln verschwommen. „Geht es dir gut?", fragt sie leise, als sie den Rest des Weges hereilt.

„Albtraum", grummle ich und halte meine Schläfe. Die Decke ist an meine Taille gerutscht und entblößt meine nackte Brust und meine Schultern. Ich zittere ein wenig und ziehe sie wieder hoch.

Sie kommt herüber, öffnet den Ofenrost und gibt ein paar weitere Pellets hinzu. „Tut mir leid, brauchst du eine Schmerztablette?"

„Das würde vielleicht helfen."

Sie geht ins Badezimmer und kommt mit einem Korb voller Tablettendosen zurück. Sie stellt ihn ans Ende der Couch, öffnet ihn und beginnt darin herumzutasten.

Sie betrachtet die Etiketten im Licht des Feuers. „Multivitamin, nein...Coenzym Q10, nein...verschreibungspflichtige Ibuprofen, bitteschön."

Ich öffne die Packung und hole zwei Tabletten heraus, die ich trocken schlucke, während sie eine andere Dose nimmt und eine Tablette herausholt. „Danke. Woher wusstest du das?" Ich bemerke viel Steifheit und Schmerzen.

„Verletzungen tun am schlimmsten weh am Tag nach dem man sie bekommen hat", sagt sie so beiläufig, dass ich mich erneut frage, wer sie verletzt hat und wie sehr. „Du magst vielleicht ein harter Kerl sein, aber du brauchst trotzdem deine Ruhe."

„Ich weiß." Ich schenke ihr ein dünnes Lächeln und gebe ihr die Dose zurück. „Tut mir leid, dass ich dich aufgeweckt habe."

„Hast du nicht. Ich bin sowieso wegen einer Schlaftablette heruntergekommen." Sie klingt verwirrt, sie ist nicht daran gewöhnt, dass Leute sich entschuldigen.

„Wie viel Uhr ist es?", frage ich.

„Kurz nach vier." Sie geht zum Fenster und zieht eine Ecke des Stoffes zurück. Ihr Schnappen nach Luft lässt mich aufstehen.

„Was ist?" Ich stelle mich hinter sie und blicke ebenfalls nach draußen.

Der Sturm wütet immer noch, Schneewehen landen auf der

Veranda und bilden dort eine dicke Schicht. Dahinter hat der Wind große Schneeberge aufgetürmt. „Das ist wesentlich mehr als sechzig Zentimeter", flüstere ich. „Wie lange soll der Schneesturm anhalten?"

„Mindestens noch einen Tag", seufzt sie. „Sieht aus, als bräuchten wir das Schneemobil, um dich in die Stadt zu bringen."

„Ja, sieht so aus." Auf gewisse Weise ist es eine Erleichterung. Wenn mein Traum real ist, dann sind die Männer, die nach mir suchen eindeutig wagemutig. Demnach ist es gut, zusätzliche Zeit um Heilen zu haben, bevor ich mich ihnen stelle.

Sie dreht sich um — und bleibt abrupt stehen, wobei sie fast mit mir zusammenstößt. Sie atmet zittrig aus. Diesmal bin ich nicht nur halbnackt, sondern ihr auch noch sehr nah. Sie spannt sich nicht an und sagt nichts. Gutes Zeichen.

„Wenn wir den nächsten Tag oder so miteinander verbringen", haucht sie mit zitternder Stimme, die meinen Körper kribbeln lässt, „dann brauche ich einen Namen, mit dem ich dich ansprechen kann."

Eine Strähne ihres tiefroten Haars ist aus ihrem Zopf gefallen und liegt auf ihrer Wange. Ich strecke bewusst die Hand aus und streiche sie ihr hinter das Ohr, während ihr Atem stockt.

„Michael", sage ich und streife ihr Ohrläppchen mit meinem Finger, bevor ich meine Hand zurückziehe. „Nenn mich Michael."

7

EVE

Er möchte, dass ich ihn Michael nenne.

Es passt, mit seinem beinahe engelsgleichen Aussehen. Der Kerl sieht aus, als könnte er ein Fotoshooting für eine bekannte Modelagentur machen und jemand anders den Schädel einschlagen. All diese harten Muskeln nur wenige Zentimeter entfernt sehen gut aus, die von seinem Körper abstrahlende Wärme fühlt sich gut an. Seine Größe ist einschüchternd.

Und doch ist seine Berührung so sanft.

Zitternd nicke ich und er tritt zurück, um zur Couch zu sehen. „Versuch ein wenig zu schlafen", schlägt er vor. „Wenn ich hier unten Geräusche mache, ignorier sie einfach. Ich sage dir, wenn es ein wirkliches Problem gibt. Ich habe keine Probleme mehr beim Gehen."

„Das ist gut", hauche ich und kann nicht aufhören zu lächeln. „Ich verstehe. Mehr Schlaf."

„Gute Idee. Erschöpfe dich nicht — besonders nicht wegen mir."

Zurück im Schlafzimmer lege ich meine Hand dorthin, wo er mich berührt hat und spüre, wie mein Körper kribbelt. Er hat geflirtet. Nur ein wenig, aber er hat es eindeutig getan.

Er mag mich. Und erstaunlicherweise ... will er mich.

Eine Handvoll Männer war bereits von mir angezogen gewesen, aber nicht auf angenehme Weise. Mehre auf eine Art, die beinhaltete, mir zu folgen, mich zu belästigen und mir an die Brüste zu fassen. Aber ein einfühlsamer Mann? Ein Mann, den ich tatsächlich auch mag?

Unmöglich! Gänzlich unbekannt. Bis jetzt, zumindest.

Eine Welle des Leichtsinns trifft mich, als ich mich ins Bett lege. Der rätselhafte Michael mag vielleicht eine geheimnisvolle Vergangenheit haben, aber ... es ist mir egal!

Ich mag ihn. Er mag mich auch. Er ist kein schlechter Mensch.

Das ist mir noch nie zuvor passiert.

Jungs machen sich über mich lustig. Männer ignorieren mich. So war es schon immer.

Und jetzt ist da Michael, und er tut nichts davon. Er spielt vielleicht mit mir, sucht Trost in seinen unklaren Umständen. Aber er ist fantastisch und ich verbringe zweifelsohne die nächsten zehn Minuten mit Fantasien darüber, ihn zu küssen.

Was es noch schwieriger macht, danach einzuschlafen. Stattdessen liege ich einfach da, starre die Balkendecke an und fahre mir langsam mit einer Hand über den Bauch, während ich mich frage, wie es wäre, wenn ich ihn nach oben einlud.

Was würde er tun? Wie würde es sich anfühlen?

Ich stelle mir seinen glatten, starken Körper auf meinem vor, nackt, zitternd vor Lust. Ich bringe so etwas kaum zustande und fühle mehr dieses köstlichen Leichtsinns anstelle körperlicher Lust.

Oh wow. Das ist ... das ist einfach ...

Ich lächle in mein Kissen und kichere leise, meine Haut kribbelt und mein ganzer Körper ist warm. Der Schneesturm draußen ist nur eine kleine Unannehmlichkeit. Seine geheimnisvolle Vergangenheit und unsichere Zukunft? Nichts, mit dem wir nicht umgehen können.

Ich frage mich, wie sein Mund schmeckt, wie sich seine Erektion anfühlt. Und dann werde ich rot und kichere erneut.

Das ist unglaublich. Ich bin nur durch diese kleine Berührung so glücklich, dass ich mir nicht vorstellen kann, dass mir irgendetwas die Laune ruiniert. Schließlich schlafe ich ein, als die Tablette zu wirken beginnt, und lächle dabei die ganze Zeit.

„Du wirst wieder fett, Evie. Fang an, das Frühstück auszulassen." Meine Mutter sitzt auf der anderen Seite des Tisches, die schwabbeligen Arme verschränkt, während sie mich angewidert ansieht. Neben ihr grinst meine ältere Schwester Melody.

Ich sehe meinen bedauernswerten Körper in den dreckigen Spielklamotten an. Ich bin neun. Ich bin nicht einmal so mollig. Aber das werde ich erst in vielen Jahren erkennen.

Im Moment, als Kind, dringt das Gift meiner Mutter direkt in meinen Kopf ein, ohne infrage gestellt zu werden, und ich beginne zu weinen. „Es tut mir leid."

„Das reicht nicht, du musst das in Ordnung bringen. Kein Frühstück mehr, und ich möchte, dass du von jetzt an von der Schule nach Hause läufst." Das Gesicht meiner Mutter verzieht sich zu einem selbstzufriedenen Grinsen.

Der spöttische Ausdruck fällt aus Melodys Gesicht. „Mom, das sind zwanzig Blocks und es ist mitten im Winter."

Meine Mutter zieht die Nase hoch. „Die Kälte wird sie schneller Gewicht verlieren lassen."

Melody ist sechzehn und spindeldürr, groß, blond und in den Augen meiner Mutter perfekt. Aber das bedeutet nicht, dass meine Mutter auf sie hört, wenn sie einen ihrer Wutanfälle hat. „Mom, denk nach. Als sie letztes Jahr wegen doppelseitiger Lungenentzündung ins Krankenhaus kam, haben die Krankenschwestern das Jugendamt informiert. Möchtest du diesen Scheiß erneut durchmachen?"

Meine Mutter schlägt mit einer fleischigen Hand auf den Tisch und wir zucken beide zusammen. „In meinem Haus wird nicht geflucht! Sie läuft von jetzt an nach Hause und das ist endgültig!"

Am nächsten Morgen gibt mir meine Schwester Geld für den Bus und sagt, ich soll spät nach Hause kommen, um es glaubhaft wirken zu lassen. Ich bin erbärmlich dankbar, aber sie sieht mich nur mürrisch an, als ich mich bedanke. „Ich tue es nicht für dich", erklärt sie kalt. „Ich tue es, damit Mom nicht ins Gefängnis kommt, weil sie versucht, deinen fetten Arsch in Form zu bringen."

Ich starre sie erstaunt an und nicke, während die Tränen zu laufen beginnen.

Ich wache mit Tränen auf den Wangen auf und schluchze einmal laut auf, bevor ich mein Gesicht in den Händen vergrabe. Mein Herz tut weh, mein Magen ist verkrampft. Für eine kurze Weile war ich wieder neun—so verängstigt, hilflos und selbsthassend wie eh und je.

Ich weine so leise wie möglich und erinnere mich daran, dass es mir gut geht, weine aber trotzdem um das kleine Mädchen, das ich einmal war. Ich merke das leichte Gewicht der Katzen und Berry, die sich auf mir zusammengerollt haben, und konzentriere mich darauf und andere gute Dinge. Der Adonis dort unten hat mit mir geflirtet! Und ich denke an meine Erfolge beim Verkauf meiner Kunst und dass meine Mutter tot ist mir nicht mehr wehtun kann.

Es wird alles gut. Es tut nur weh, daran zu denken, denke ich, während mein Schluchzen und Schniefen langsam weniger wird.

Ich erinnere mich immer noch an die Unterhaltung mit meiner Schwester und ihre höhnische Bemerkung, dass sie es nicht wegen mir getan hatte. An jedem Morgen danach habe ich heimlich ihr Kleingeld gestohlen und bin jeden Nachmittag heimlich mit dem Bus gefahren, was unsere Mutter nie herausgefunden hat.

Und ich habe mich nie wieder bei meiner Schwester bedankt. Und jetzt ist sie mit einem Mann verheiratet, der sie betrügt, sie trinkt viel und ich habe sie ihrer Verbitterung und ihrem Elend überlassen.

Ich habe versucht zu vergessen und vergeben, aber ich bin bei nichts davon wirklich gut. Manchmal, wie im Moment, liege ich wach und denke an meine Mutter, die so schwer wie ein LKW war, aber ihre Tochter dafür misshandelt hat, ein kleines Bäuchlein zu haben.

Dann sehe ich auf — und sehe eine große Gestalt im Türrahmen stehen. Ich stoße einen überraschten Schrei aus — wie ist er so leise die Treppe heruntergekommen? Selbst Loki lässt die Treppe knarren.

Er kommt in das Zimmer, als er sieht, dass ich wach bin, wieder oberkörperfrei und seine Haut glänzt leicht im Licht meiner Uhr.

„Geht es dir gut?" Michaels Stimme ist ein heißeres Flüstern, schwer vor Schlaf.

„Ich ..." Es geht mir nicht gut. Selbst mich daran zu erinnern, dass ich schon lange aus meiner Heimatstadt geflohen bin, hilft nicht.

„Ich arbeite daran ...", bringe ich gedämpft heraus. Meine Hände liegen wieder auf meinem Gesicht und ich bin dankbar dafür, dass meine Tränen im Dunkeln nicht sichtbar sind.

„Heilige Scheiße, Süße." Er durchquert den Raum mit ein paar Schritten, Sorge liegt in seiner Stimme und er streckt die Arme nach mir aus. Ich erstarre für einen Moment — und dann setzt er sich auf die Bettkante, legt seine Arme um mich und alles verändert sich auf einmal.

Wie lange ist es her, dass mich jemand umarmt hat? Zu lange. Ich schnappe nach Luft und senke die Hände, als meine Wange auf seine glatte Brust trifft. Meine Hände legen sich leicht auf seine Arme.

Seine Wärme dringt tief in mich ein und vertreibt die Kälte in meinen Knochen fast genauso schnell wie die qualvolle Einsamkeit. Er drückt mich ans ich. Seine Hand ist in meinem Haar und streichelt mich dort langsam und ruhig. „Es ist okay", sagt er und ich glaube ihm, allein durch die durch seine Berührungen ausgelösten Gefühle.

„Ich habe auch beschissene Träume", sagt er sanft. „Passiert dir das oft?"

„Ja, äh ... nicht so sehr, wie es das einmal getan hat." Im ersten Jahr in Boston ist es mehrmals die Woche passiert. Dann, mit Therapie, Medikamenten und all der Arbeit, sind sie weniger geworden. Hin und wieder kehren sie immer wieder zurück.

Und bisher konnte ich nichts dagegen tun, außer ein Beruhigungsmittel zu nehmen und es durchzustehen. Es gab niemanden, der mich trösten konnte, niemanden der mich beruhigen konnte. Es ist so ungewohnt, dass ich nicht weiß, wie ich reagieren soll.

Er vergräbt die Nase in meinem Haar und ich halte ein Wimmern zurück.

„Geht es dir gut?" Ich nicke leicht.

„Ich ... ich bin nicht daran gewöhnt, berührt zu werden", flüstere ich.

Weder meine Mutter noch meine Schwester wollten mich je berühren. Die einzigen, die mich berühren wollten, wollten mir wehtun oder mich ausnutzen. Ich bezweifle, dass Michael auch nur eines davon tun will. Tatsächlich gibt er sich besondere Mühe, ersteres nicht zu tun.

„Oh." Er klingt verwirrt. „Ernsthaft, in der Umgebung welcher Leute bist du groß geworden?"

Ich breche erneut in Tränen aus. Es ist sowohl aus Ironie und Erleichterung als auch aus Schmerz. „Sie waren wirklich die schlimmsten. Aber sind nicht alle Menschen so?"

Es klingt dämlich, selbst als es meinen Mund verlässt, und ich vergrabe mein Gesicht an seiner Brust, anstatt ihn anzusehen. „Na ja, ehrlich gesagt weiß ich das nicht, Süße, ich habe keine Erinnerung. Aber nicht alle sind es. Du bist es nicht. Ich bin es nicht." Er küsst meinen Kopf und ich spüre eine weitere Welle der Wärme, die mich weiter beruhigt.

„Das ... stimmt ...", flüstere ich. Es ist so, dass ich jeden für grausam halte. Aber wenn es deine eigene Mutter ist, wenn deine eigene Schwester dir sagt, dass sie dich nicht mag, ist es schwer nicht zu denken, dass alle anderen noch schlimmer sein müssen.

„Danke, dass du hochgekommen bist", murmle ich, erkenne, dass ich mich an ihn klammere und lockere meinen Griff. „Es hilft."

„Es ist kein Problem. Ich lasse dich jetzt allein, wenn du das willst", murmelt er, aber das möchte ich überhaupt nicht. Alles, was ich im Moment möchte, ist seine Wärme, die mich tröstet, seinen Herzschlag an meinem Ohr.

„Ich möchte nicht, dass du mich allein lässt", flüstere ich mit angespannter Stimme.

Ich höre, wie er überrascht Luft einzieht und sein Griff dann fester wird. Ein Zittern schleicht sich in seinen Atem ein.

„Oh", erwidert er, als ich den Kopf hebe, um ihn anzusehen.

Er wischt mir mit dem Daumen die Tränen von den Wangen und

ich blicke in seine samtig schwarzen Augen. Mein Herz schlägt plötzlich schneller und alle Worte bleiben mir im Hals stecken.

Meine Hände liegen auf seinen Schultern. Seine Haut ist so glatt, dass ich sie einfach immer weiter berühren will, aber ich bin vorsichtig und berühre ihn immer ein wenig mehr. Ich bewege mich in unbekanntem Terrain, aber es fühlt sich so gut an, dass die Erinnerung an meinen Albtraum bereits verblasst.

Ich erstarre, als er mich küsst, meine Hände lösen sich von seinen Schultern und hängen in der Luft. Das heiße Drücken seiner Lippen entlockt mir eine Reaktion. Ich entspanne mich an ihm und seine Hände gleiten durch mein Haar hinter meinen Zopf und halten meinen Kopf, als dieser zurückfällt.

Meine Augen, groß vor begeistertem Schock, blicken verträumt an die Decke, während er meinen Hals mit Küssen bedeckt. Jede Berührung seiner Lippen löst eine Welle in mir aus, wie ein Stein, der in einen Teich geworfen wird. Und je mehr er es tut, desto mehr kribbelt mein Körper.

Er schiebt mein Flanell-Nachthemd zur Seite, wo meine Schulter auf meinen Hals trifft und küsst mich innig, wobei er mich leicht mit den Zähnen berührt. Dann beginnt er zu saugen — woraufhin ich die Kontrolle verliere und ein tiefes, zitterndes Stöhnen ausstoße.

Seine Hand gleitet gerade zu meiner Brust, als er sich nach vorne lehnt — und plötzlich vor Schmerzen aufstöhnt. „Fuck", grummelt er an meiner Schulter.

„Geht es dir gut?", keuche ich, als ein Teil meines erregten Nebels verschwindet.

„Die Schmerztabletten wirken nur bis zu einem gewissen Punkt." Er reibt meinen Rücken und ich hebe noch nicht den Kopf. „Da sprich mal einer von beschissenem Timing."

„Du wärst heute beinahe gestorben." Ich versuche das unangenehme Gefühl in meinem Bauch zu ignorieren.

„Ja, ich … mag dich nur wirklich." Er sieht mir in die Augen, sein Ausdruck ist abgespannt.

„Ich mag dich auch wirklich." Mein Herz pocht immer noch in

meinen Ohren. „Und wir haben mindestens zwei Tage miteinander, also, äh ... ruh dich vielleicht noch ein wenig aus?"

Er lacht und streckt sich, wobei seine Schultern schmerzhaft knacken. „Du hast vermutlich recht."

Aber auf seinem Weg durch die Tür dreht er sich mit einem schiefen Lächeln um. „Wir werden das morgen fortführen müssen."

„Okay", sage ich atemlos und lege mich wieder hin, viel zu aufgedreht für Tränen.

8

MICHAEL

Toll, jetzt habe ich einen Ständer und Kopfschmerzen. Yay.

Vielleicht ist es egoistisch, mich an Eve heranzumachen, wenn sich die Realität darüber, wer ich wirklich bin, wie eine Welle über mir gebrochen hat. Vielleicht sollte ich mich darauf konzentrieren, meine Erinnerungen zurückzubekommen, bevor ich sie in mein Leben miteinbeziehe?

Besonders wenn dieser Traum real war. Was er im Moment zu sein scheint.

Und doch bin ich hier, mit einem Ständer und Lippen, die immer noch ihren zögerlichen ersten Kuss spüren, während ich mit pochendem Kopf auf dem Sofa liege. *Vielleicht hätte ich nicht nach oben gehen sollen?*

Aber sie hat geweint, und ich war es so leid, es zu wissen und ihr nichts als ein paar nette Worte zu geben. Ich will keine Kugel mehr in denjenigen jagen, der ihr wehgetan hat — aber ich würde denjenigen liebend gern in Angst und Schrecken versetzen.

Ich möchte eine Erklärung für diesen Mist. Warum eine so wundervolle Frau so leiden musste. Mein Verlangen nach Gerechtigkeit für Eve ist genauso stark wie meine Sehnsucht nach meiner Erinnerung. Sie hat mich so sehr gerührt.

Ein dumpfes Aufprallen auf der Treppe und dann ein Keckern; ein paar Sekunden später klettert Berry zu mir auf die Couch. „Hi", murmle ich, als er sich auf die Steppdecke einlädt und auf meine Brust wandert.

Ich hoffe, dass er all seine Impfungen hat.

Er starrt mich mit seinen perlenartigen schwarzen Augen an, dann fiept er und rollt sich unter meinem Kinn zusammen. „Hey. Äh ... na ja, scheiß drauf, dann mach es dir eben gemütlich."

Mein Lachen irritiert wieder meinen Kopf und ich grummle. Wenn die Straßen frei werden, lasse ich die Verletzung besser begutachten. Aber für den Moment, sicher hinter Feldern voller Schnee, erwäge ich es tatsächlich, wieder nach oben zu gehen, sobald der Schmerz nachlässt.

Ich frage mich, ob je eine Frau so bei mir schwach geworden ist wie Eve. Das ist ein weiterer vernebelter Teil. Ich wünschte, ich könnte zu meinem alten Ich zurückkehren und herausfinden, wo diese Millionen sind und was meine Pläne waren, um meinen Boss loszuwerden.

In wieviel Gefahr habe ich Eve gebracht, allein indem ich auf ihrer Veranda zusammengebrochen bin? Daran lässt sich nichts ändern, aber das heißt nicht, dass ich mich deswegen gut fühle. Sie braucht ihre Ruhe und ihren Frieden, und das möchte ich nicht versauen.

An diesem Punkt weiß ich nicht viel mehr als sie. Ich sollte ihr von dem Traum erzählen ... aber wenn ich daran denke, spanne ich mich so an, dass Berry sich unruhig bewegt und mich ansieht.

„Tut mir leid, Kleiner." Er legt sich wieder hin. Ich sollte ehrlich zu ihr sein. Aber ich möchte ihr keine Angst machen, für den Fall, dass sich der Traum als halber Quatsch herausstellt — oder mehr.

Oder vielleicht möchte ich sie überhaupt nicht verschrecken?

Sie weiß, dass ich in einer Schießerei war. Sie vermutet bereits, dass ich auf der falschen Seite des Gesetzes stehen könnte. Sie weiß nur nicht, wie schlimm es ist.

Wenn es so schlimm ist, dann habe ich das Leben sowieso verlassen. Und ich bin reich. Irgendwie.

Und dann lässt mich eine weitere Sache über mich verzweifelt seufzen ... auch wenn ich ein wenig lächle. Ich bin Romantiker, auch wenn ich in Wirklichkeit ein Killer bin. Bereits der Gedanke daran, Eve zu verschrecken, spannt mich an.

Ich liege in der Dunkelheit, die Hitze des Pelletofens strömt über mich und ich versuche mich an mehr zu erinnern, bis ich schließlich einschlafe.

Ich wache desorientiert aber ausgeruht auf, als winzige Waschbärenpfoten mit meiner Unterlippe spielen. „Hey, hör auf, das ist mein Gesicht." Ich schiebe ihn sanft weg und er beginnt stattdessen mit meinen Fingern zu spielen. Ich öffne ein Auge und sehe Licht von der Treppe; Eve hat hier unten ausgeschaltet.

Wie viel Uhr ist es? Ich nehme Berry in einen Arm und setze mich vorsichtig auf, skeptisch bezüglich meines Kopfes. Er fühlt sich besser an, aber die oberflächliche Wunde beginnt zu jucken. Vermutlich muss sie wieder gewaschen werden.

Ich gehe mit Berry im Schlepptau ins Badezimmer und dusche ein weiteres Mal und wünschte, ich hätte Wechselklamotten. Ich werde diese Jeans ein paar Tage tragen, wie es scheint. Aber sobald ich sauber, trocken und wieder angezogen bin, fühle ich mich viel besser.

Als ich herauskomme, ist Eve am Fenster und hat eine Ecke des Stoffes zur Seite gezogen. Sie hat Jeans mit Farbflecken und einen übergroßen violetten Rollkragenpullover an. Ich mache ein Geräusch, sie dreht sich um und schenkt mir ein kleines, angespanntes Lächeln.

„Guten Morgen." Ich stelle mich hinter sie und lege eine Hand auf ihre Schulter, als ich nach draußen spähe. „.... oh. Na ja, scheiße."

Es ist immer noch alles weiß und auf der Veranda hat sich so viel Schnee gesammelt, dass viel zu Schippen sein wird. „Ich werde dir helfen, sobald der Schnee nachlässt."

„Danke, aber äh ... wie geht es dir?" Sie macht den Stoff wieder fest und dreht sich mit Sorge im Blick zu mir um.

„Besser. Der Schlaf hat geholfen, auch wenn wir beide nicht viel davon bekommen haben." Ich lege meine Hand in ihren Nacken und ihre Augen schließen sich. Als ich sie küsse, reagiert sie weniger zögernd und berührt mein Gesicht mit ihrer Hand. Ihr Mund schmeckt nach Mundwasser, sie muss vor kurzem aufgestanden sein.

„Das ist gut", sagt sie, als der Kuss zu Ende geht.

Ich nehme sie in die Arme, ihre vollen Brüste pressen sich an meine Brust und ihr Herz schlägt trotz ihres sanften Lächelns schnell. „Also, kannst du mir deine Bilder zeigen?"

„Zuerst Frühstück", verkündet sie und ich nicke.

„Hast du Kaffee?" Die Gelüste schleichen sich fast genauso schnell an mich heran wie das Verlangen nach dem Sex, den ich noch nicht haben kann.

„Ja, ich kann ihn nicht oft trinken, aber ich habe ihn zum Backen." Ich lasse sie los und sie löst sich halbherzig, bevor sie in die Küche geht.

Zwei Katzen und ein Waschbär warten an ihren Futterschüsseln. Berry hat eine Auswahl an Obst, Nüssen und ein wenig Katzenfutter, zusammen mit einer kleinen Schüssel Wasser. Als ich in ihre Richtung sehe, hat Berry eine Heidelbeere in der Hand und wäscht sie vorsichtig.

Eve setzt den Teekessel auf und platziert einen Kaffeefilter auf einer Tasse, dann bringt sie eine weitere Schüssel mit geschnittenem Obst, Nüssen und Samen für Diogenes. Ich setze mich an den Tisch und lausche ihrem Geplauder, während der Teekessel aufheizt.

„Hey kleiner Mann. Ziehen wir dir einen anderen Pullover an, bevor du isst." Rascheln, das Rasseln von Samen in der Schüssel, als sie diese in ihre Halterung stellt.

„Mango!", kreischt der Vogel.

„Ja, da ist Mango. Hier ist dein roter Pullover. Nein, der Pullover zuerst." Weiteres Rascheln. „Guter Junge! Bitteschön. Jetzt tausche ich nur noch deine Einlage aus."

Sie kommt zurück und zerknittert eine Zeitung, die sie in einen Mülleimer unter dem Spülbecken stopft. „Ich bin gleich bei dir, ich mache nur meine Morgensachen."

„Kein Problem. Brauchst du Hilfe bei irgendetwas?" Ich könnte mich wirklich daran gewöhnen. Es ist langweilig, aber das liegt zum Teil nur daran, dass wir eingeschneit sind.

Und im Moment ist es ein Zufluchtsort fern von einer Welt, mit der umzugehen ich noch nicht bereit bin. Ein Zufluchtsort, den ich mit ihr teilen kann. Und das ist genug.

~

Unterbrechung

Carolyn

„Die gute Neuigkeit ist, dass es in der Skihütte keinerlei Anzeichen von Problemen gibt", sage ich in mein Handy, während ich Luccas jüngsten Sohn am anderen Ende der Bar beobachte. Er trinkt viel und hat mindestens vier Bodyguards dabei. Zwei riesige Kerle flankieren ihn und zwei sitzen nicht sehr unauffällig an einem Tisch in der Nähe.

Sie haben mich nicht bemerkt, weshalb ich mich für sie schäme.

„Kein Anzeichen von Di Lorenzo?" Daniels klingt genervt. Er vermutet, dass er mich in die falsche Richtung geschickt hat. Das tue ich auch. Das Problem ist, dass wir wissen, wem er in seinem Bericht für seinen Vorgesetzten die Schuld geben wird.

„Niemand, der auch nur annähernd auf seine Beschreibung passt. Ich habe jemanden, der durchgängig die Überwachungskameras im Auge hat und der Sicherheitsdienst der Skihütte kooperiert."

„Es ist ausgeschlossen, dass sich jemand von draußen hereinschleicht? In Boston ist alles tot. Niemand hat sich an den älteren Bruder herangemacht und der mittlere ist in Schutzhaft." Er grummelt, und die Tatsache, dass in Boston nichts passiert, lässt mir das Herz in die Hose rutschen.

„Sir, wir sind hier oben abgeschnitten. Alles voller Schnee mit Orkanböen und mit steigendem Lawinenrisiko. Wenn Di Lorenzo nicht hier ist, dann wird er mindestens ein paar Tage nicht herkommen können." Wenn er überhaupt herkommt.

Eine schleichende Sorge, dass er entweder nie in die Berkshires wollte oder Prometheus recht hat und ihn Killer von der Sechsten Familie zuerst erreicht haben. Die zweite Möglichkeit beunruhigt mich. Ich brauche einen Sieg, um mir Daniels vom Hals zu schaffen.

Der Gedanke daran, dass die Sechste Familie einen weiteren Verdächtigen abknallt, lässt mich meinen Rum mit Cola mit weißen Knöcheln umklammern.

„Also werden Sie einfach auf Kosten des FBIs herumhängen?" Seine Stimme ist so abfällig, dass ich mein Glas mit einem lauten Klirren abstelle.

„Es war ihre Entscheidung, mich hierher zu schicken, Sir. Ich führe die Überwachung des potenziellen Ziels fort." Meine Stimme ist ausdruckslos.

„Kein Grund, wütend zu werden", spottet er ... und dann, als ich nicht mit einem Ausbruch reagiere, entsteht enttäuschte Stille.

Daniels, Sie sind ein verdammtes Kind, und ich werde da sein, wenn ihr Mist zurückkommt, um Ihnen in den Arsch zu beißen. „Noch etwas, Sir?", frage ich mit derselben ausdruckslosen Stimme.

„Nein, es gibt nicht viel zu tun, bis das Wetter besser wird. Führen Sie die Überwachung fort und sehen Sie, ob sie irgendetwas über Di Lorenzo herausfinden können. Sie haben vermutlich etwas übersehen."

„Ja, Sir." Er legt auf und ich stecke das Handy weg, bevor ich den Rest meines Drinks leere und: „Arschloch", murmle.

Wie habe ich es geschafft, hier hochzukommen, bevor der Sturm kam? Der Himmel ist mit jeder Meile, die ich auf der Landstraße zurückgelegt habe, schwärzer und tiefer geworden. Und die ganze Zeit habe ich mich gefragt, ob es richtig ist, hierherzukommen.

Daniels Anweisung ist für einen Assistant Director nicht sehr gut. Aber so lange er Untergebene hat, die für ihn den Kopf hinhalten können, ist sein Job sicher. Meiner ... hängt davon ab, ihn zu beeindrucken.

Ich bin es leid.

Lucca wird immer betrunkener und seine Männer schließen sich ihm an. Betrauert er den Mord an seinem Vater oder feiert er ihn?

Ich würde feiern. Und Luccas Tochter Melissa tut es in dieser Sekunde vermutlich.

Es ist traurig, dass das Beste, was ich im Fall von Luccas fliehender Tochter tun konnte, darin bestand, ihr eine problemlose Flucht mit Chase zu ermöglichen. Es hieß, Chase gehen zu lassen, aber außer den Problemen, die es meiner Karriere verursacht hat, ist mir das egal.

Außer dass er mir bei der Festnahme von Lucca geholfen hat, hat Alan Chase nie jemanden umgebracht, anders als Michael Di Lorenzo. Und trotzdem mache ich mir über diesen verdammten Auftragskiller fast Sorgen. Bin ich zu empfindsam für diese Arbeit?

Ich nippe das Wasser von meinem Eis, als mir der Barkeeper einen heißen Butterrum und ein Stück Schokoladen-Himbeer-Torte aus dem Restaurant bringt. „Äh, hi, danke, aber das habe ich nicht bestellt", sage ich verwirrt, als er es vor mir abstellt.

„Der Tisch in der Ecke hat es bestellt." Der kräftige Kerl schenkt mir ein Lächeln und wendet sich wieder dem Polieren von Gläsern zu.

Ich blicke hinüber — der Tisch ist verlassen. Ein verschlossener Umschlag mit meinem Namen in schöner Handschrift liegt darauf. Ein schneller Blick umher — aber wer auch immer es war, er ist verschwunden. Ich hole den Umschlag und kehre zu meinem Stuhl zurück.

Ich nehme einen Schluck des Drinks: teurer Alkohol, so angenehm auf der Zunge wie die Torte. Mein ‚Verehrer' hat keine Kosten gescheut. *Lucca?*

Seine Männer tragen ihn zurück zu seinem Zimmer, während sie darüber lachen und Witze machen. Nein, er ist nicht imstande für etwas so Subtiles.

Ich öffne den Umschlag und hole ein einzelnes Blatt Papier heraus.

Entschuldigen Sie das Eindringen, Special Agent, aber in Abwesenheit anderer verlässlicher Quellen dachte ich, Sie hätten

9

EVE

Der Tag geht zu schnell vorbei, trotz des Sturms. Michael hat meine Talente gesehen. Wir haben mit meinen Haustieren gespielt und Mittagessen gekocht. Er erholt sich weiter. Und er erinnert sich an mehr.

„Jemand ist vor mein Auto getreten und hat auf mich geschossen. Ich erinnere mich nicht an den Unfall." Er trinkt seinen Kaffee, während wir uns den Sonnenuntergang durch die Reste des Sturms hindurch ansehen. Die Temperatur steigt weit genug an, dass ich den Stoff vor dem Fenster für eine Weile weglassen kann.

„Weißt du warum?" Sein Arm liegt um meine Schulter. Es fühlt sich so gut an, dass ich stumm bleiben und über nichts reden will. Aber wir haben immer noch ein Puzzle zu lösen.

Ich ... möchte es nur nicht zu schnell lösen. Ich möchte, dass er hierbleibt. Es ist völlig egoistisch und selbstsüchtig, und ich sollte es besser wissen, als mich zu sehr an ihn zu klammern, aber ...

Ich verliebe mich in ihn. Das ist mir noch nie zuvor passiert, und ich ... kann es nicht ertragen, wieder verlassen zu werden.

Aber ich weiß, dass er gehen wird. Etwas Gefährliches wartet da draußen auf ihn, ein Leben, von dem ich keine Ahnung habe. Das Leben, das er vergessen hat, involviert Schießereien und Autounfälle, und selbst der Name, an den er sich erinnert, ist vielleicht nicht seiner.

Wo gerate ich hier hinein? Es ist so ironisch, dass dieser potenziell gefährliche Mann der erste ist, der mich mag und der nett zu mir ist.

Ich sollte mich darauf vorbereiten, ihn gehen zu lassen. Ich sollte mich an den Gedanken gewöhnen, dass er gehen wird, und mit dieser Geschwindigkeit wird er mein Herz mitnehmen. Dass er mich mag und mich begehrt wird vielleicht nicht ausreichen, dass er bleibt.

Er sieht mich stumm an, als würde er versuchen herauszufinden, was er sagen soll. „Ich weiß es noch nicht. Ich habe davon geträumt, aber ich weiß nicht, wie viel davon real war."

„Sobald wir morgen nach dem Sturm Schnee geschippt haben, werde ich die Straße hinuntergehen und sehen, ob irgendetwas an meiner Erinnerung an diesen Unfall real war." Seine Hand knetet sanft meine Schulter. „Dann werde ich wissen, ob das real war, was ich in meinem Traum gesehen habe."

Ich nicke und ignoriere den großen Kloß in meinem Hals. „Ich werde dich vermissen, wenn du gehst", gebe ich zu, als ich mich ihm zuwende.

Als Antwort nimmt er mich in die Arme und küsst mich. Diesmal ist es sehr sanft und hält an, bis ich atemlos bin und zittere. Meine Oberschenkel drücken sich zusammen und meine Knie werden nachgeben.

Der Kuss löst sich. „Ich werde dich auch vermissen", flüstert er an meine Lippen. Dann zuckt er zusammen und schiebt sich zurück, als müsste er sich zwingen. „Wie auch immer, du kannst mich ja wieder einladen."

Ich blinzle, überrascht, dass mir das nicht einmal eingefallen ist. Ich hatte einfach gedacht, dass er mein Leben endgültig verlassen würde, wenn er geht. „Du ... würdest zurückkommen?"

Er wirft mir einen sanft gequälten Blick zu. „Natürlich würde ich das. Du hast mir das Leben gerettet und dich um mich gekümmert, ohne einen Grund dafür zu haben. Ich weiß so gut wie nichts über meine Vergangenheit, aber so gute Menschen wie du sind ungewöhnlich."

„Oh." Ich wusste nicht, ob ich beruhigt oder enttäuscht sein sollte. „Ich hoffe, du hast nicht das Gefühl, als würdest du mir etwas schulden."

Er lacht und schüttelt den Kopf. „Natürlich habe ich das. Aber deshalb werde ich nicht zurückkommen."

Das beruhigt mich mehr als seine Dankbarkeit, aber jetzt bin ich verwirrt. „Warum dann?"

Ein weiterer Kuss — und dieser wird innig und heftig, wodurch ich in seinen Armen schwach werde. „Ich zeige es dir später", verspricht er mit einem schelmischen Lächeln.

Das reicht, um mich eine ganze Stunde auf einer Wolke treiben zu lassen, bevor meine Zweifel meine Glückseligkeit zerstören. Ich hatte noch nie Sex, und das Einzige, was ihn von mir hält, ist sein Kopf und meine Angst. Ich muss einen Weg finden, um ruhig zu werden, der mich nicht wie die Schlaftabletten ausknockt.

„Michael", sage ich, während er ein paar Hühnerbrüste mit Kapern macht, „worum ging es in deinem Traum?"

Er sieht mich eigenartig an, dann blickt er nach unten. „Ich erinnere mich kaum. Ich hatte einen Streit mit jemandem. Ich glaube, es war ein enger Freund. Und vielleicht zwanzig Minuten später wurde ich überfallen."

„Also ... du denkst, dass dein Freund das geplant hat?" Ich versuche, nicht besorgt zu klingen.

„Ich bin mir nicht sicher. Vielleicht. Nicht viel in diesem Traum hat Sinn ergeben." Er beschäftigt sich damit, die Filets umzudrehen. „Nur mein Name fühlt sich wirklich bekannt an. Das und der Hinterhalt selbst."

„Also ... wirst du den Ort suchen, an dem du den Unfall hattest?" Da ist etwas, das er mir nicht sagt. Ich bin normalerweise diejenige, die keinen Augenkontakt halten kann, aber im Moment sieht er überall hin, nur nicht zu mir.

„Ja, das ist der Plan." Er zögert, dann sieht er mich an. „Wie lange dauert es, bis die Straßen hier geräumt sind?"

„Sie sind normalerweise nachmittags frei." Ich sehe nach draußen, es ist jetzt dunkel und der Mond steht am Himmel, wodurch der Schnee blau-weiß schimmert. Kein Anzeichen von Vögeln oder Tieren. Ich werde morgen früh ein wenig Futter streuen müssen.

Hoffentlich schlafen die Bären jetzt richtig, trotz des milden Winters, den wir hatten.

„Wie sieht es aus?" Er lehnt sich vom Ofen weg, um nach draußen zu spähen. „Außer schön."

„Zwei Meter hohe Schneewehen. Es geht uns hier ganz gut, aber den Jeep bekomme ich ohne viel Graben nicht aus der Garage." Zumindest wird es mit Hilfe wesentlich einfacher sein.

„Das wird kein Problem sein." Er legt die Hühnerbrüste auf Teller und drückt ein wenig Zitronensaft in die Pfanne, dann mischt er alles. „Zu schade, dass du keinen Kochwein hast."

„Tut mir leid. Ich habe keinen Alkohol im Haus. Reagiert schlecht mit meinen Medikamenten. Und bereits zu viele Trinker in der Familie." Es ist mir ein wenig peinlich, meine Vorsicht mit Alkohol zuzugeben, aber er lächelt nur.

„Es ist in Ordnung, ich trinke nur manchmal, und heute scheint es mit meinem Kopf sowieso eine schlechte Idee zu sein." Er sieht während des Arbeitens nachdenklich aus. „Hey, Eve ... kann ich dich etwas fragen?"

Ich blicke beim Decken des Tisches auf. „Was ist denn?"

„Es scheint dich nicht zu stören, dass auf mich geschossen wurde. Ich bin vielleicht kein allzu guter Mensch, weißt du." Und er sieht mich nicht mehr an.

Ich atme tief ein, bevor ich antworte. „Michael ... mein Leben war voller Dinge, von denen die meisten Menschen traumatisiert wären. Dadurch habe ich schreckliche Angst vor jedem Menschen, nicht nur den schlechten. Ich muss viel Zeit damit verbringen, so zu tun, als hätte ich keine Angst, wenn ... wenn ich Angst vor Leuten habe, besonders in Gruppen. Wenn du irgendein Krimineller bist und das herausfindest, bring es nur nicht zu mir. Ich möchte keine Probleme in meinem Leben, ich bin hergekommen, um der schlechten Behandlung der Menschen untereinander zu entgehen."

Er sieht wieder zu mir auf. „Aber?"

„Aber ... ich weiß, wie schlechte Menschen sind. Du ... was auch immer du tun musstest, um zu überleben, das ist deine Sache. Ich bin hauptsächlich besorgt um dich — nicht, dass du mir wehtun wirst. Außer ... vielleicht indem du gehst." Ich kann die Traurigkeit nicht aus meiner Stimme verbannen.

„Vielleicht habe ich Glück und es stellt sich heraus, dass ich James Bond bin oder sowas?" Er beabsichtigt, dass sein Witz beruhigend ist, aber ich habe die Bücher von Ian Fleming gelesen.

„James Bond war ein von der Regierung genehmigter professioneller Killer", betone ich — und er lässt die Zange, die er benutzt, in die Pfanne fallen. „Was ist?" Sein Ausdruck ist gequält. „Erinnerst du dich an noch etwas?"

„Vielleicht", krächzt er abgelenkt. „Ich bin mir noch nicht sicher. Aber du hast mit einer Sache recht, Süße. Ich würde dir nie bereitwillig wehtun."

Meine Augen brennen plötzlich. „Na ja ... das ist fast das erste Mal in meinem Leben. Also ... danke."

Er grinst schief. „Kein Problem. Du machst es leicht, dich zu mögen, Eve."

10

EVE

Ich nehme eine halbe Beruhigungstablette nach dem Abendessen, im Wissen, dass ich entspannen muss. Michael und ich legen uns auf die Couch und sehen uns auf meinem Laptop einen Abenteuerfilm an, während wir beide je eine Katze auf dem Schoß haben. Der Film begeistert Diogenes, der obszöne Bemerkungen macht und in einen gespielten Streit mit Michael gerät.

Berry wandert umher. Hin und wieder muss ich Freya zur Seite setzen und ihn aus einem Schrank oder von einer Lampe holen. Draußen sinken die Temperaturen weiter, die Heizung hat Probleme, die Temperatur im Raum konstant zu halten, trotz unseres regelmäßigen Auffüllens des Pelletofens.

Michael und ich halten viel Händchen. Er nimmt die Schmerztabletten und sie sind immer noch nicht stark genug. Ich sehe ihn hin und wieder zusammenzucken und empfinde eine Mischung aus Sorge und Not, dass er immer noch Schmerzen hat.

„Wie geht es dir?", frage ich, sobald der Film zu Ende ist.

„Ich brauche noch eine Runde Ibuprofen und vielleicht ein Nickerchen." Er sieht die Enttäuschung in meinem Gesicht und grinst. „Ich schulde dir noch etwas. Können wir es noch um ein paar Stunden verschieben?"

„Ich werde versuchen, die Zeit zu finden", necke ich ihn, als er mich küsst.

Verdammt, denke ich, während ich an die Decke starre. Dieser köstliche Leichtsinn kocht immer noch in mir und hält mich davon ab, allzu enttäuscht zu sein. Aber mein Körper ist voller Begierden, die ich jahrelang versucht habe zu vergessen — Begierden, die nie befriedigt wurden.

Es ist okay. Wir haben Zeit und wir wollen es beide. Es wird gut werden.

Ich bin warm unter all meinen Decken, aber das Schlafzimmer ist kühl. Selbst mit dem nicht zugedeckten Ofenrohr, das durch die Mitte des Raumes verläuft, sticht die kalte Luft an meinen Wangen. Michael hat mir versprochen, heute Nacht den Pelletofen nachzufüllen, also muss ich wenigstens nicht aus meinem gemütlichen Bett springen, um mich mitten in der Nacht darum zu kümmern.

Ich schlafe ein, diesmal ohne Träume, die mich mit Tränen aufwachen lassen. Nur die Enttäuschung, die nicht verschwinden kann — zumindest bis ich wieder in Michaels Armen bin.

Glücklicherweise wird das nicht lange dauern.

Ein leises Knarren auf der Treppe. Alle Tiere bis auf Loki sind unten, wo es wärmer ist. Ich sehe auf — und erkenne Michael im Türrahmen, das Gesicht im Schatten.

„Hey, geht es dir gut?", frage ich leise, als er zu mir kommt.

Er ist für einen Moment still, dann streckt er die Hand aus und lässt sie langsam durch mein Haar gleiten, wobei er seine Finger kurz um den Ansatz meines Zopfes legt. „Es geht mir gut."

„Sicher?" Mein Herz beginnt schneller zu schlagen, er hat mir etwas versprochen, sobald es ihm besser geht. Das bringt mich in ein unbekanntes Gebiet.

„Darf ich mich dir anschließen?", flüstert er, und für ein paar Sekunden bleiben mir die Worte im Hals stecken und ich bleibe stumm, um kein peinliches Quietschen zu riskieren.

„Äh, okay!" Oh Gott, das klang fürchterlich!

Er lacht leise und setzt sich auf die Bettkante, um mich in die Arme zu nehmen. „Nervös? Kann ich dich irgendwie beruhigen?"

Oh Junge. „Äh ... hast du Kondome in diesem Geldbeutel?" Ich bin wirklich nicht daran gewöhnt.

„Oh, das." Er schiebt eine Hand in seine Hosentasche und lässt drei davon auf meinen Nachttisch fallen. „Sie waren in meiner Hose. Ich nehme an, dort hast du mich nicht durchsucht."

„Äh, nein, das schien ein wenig ..." Peinlich! Wie jetzt, aber ohne die Wärme oder seine Einladung zur Berührung. Wozu ich immer noch Mut sammle.

Er streichelt meinen Rücken und hinterlässt einen kribbelnden Pfad, woraufhin ich zittere und den Kopf neige, um meinen Mund anzubieten, während er mich wieder in die Arme nimmt.

Es gibt so viele Arten zu küssen! Sanft, zögernd, selbstsicher, wild, zärtlich, neckend, sinnlich, zart ... Wir gehen sie alle durch, die Heftigkeit zwischen uns steigt wie Ebbe und Flut an, bis ich zwischen den Küssen nach Luft schnappe.

Als er sich schließlich zurücklehnt, bin ich atemlos und feucht. Er fühlt es ebenfalls: seine Muskeln zittern, als ich mit den Fingerspitzen über seinen Rücken fahre.

„Ich wusste nicht, dass es so sein kann", keuche ich leise, als er mich umarmt.

Er grinst. „Wir haben Glück, dass ich immer noch meine Fähigkeiten habe. Ich weiß nicht, wo ich sie herhabe, aber du kannst sie trotzdem genießen."

Ich weiß, was er meint: für ihn ist auch alles neu. Wenn ich seinen Rücken streichle, dann zittert er, weil er keine Erinnerung daran hat, wie es sich anfühlt — nicht mehr als ich! Seine Hände wissen, was sie tun müssen, aber er hat keine Erinnerung daran, so etwas zu empfinden.

Weiß er, wie sich ein Orgasmus anfühlt? Bin ich überhaupt selbst dazu fähig?

Aber auf der anderen Seite würden mich die meisten Männer

überhaupt nicht interessieren. Ich hatte begonnen mich zu fragen, ob all die Jahre des Versteckens meiner Sehnsüchte, um mich zu beschützen, die Flamme in mir für immer erstickt hatten. Jetzt weiß ich, dass das nicht stimmt. Vielleicht stimmt keiner meiner Zweifel über Sex und meinen Körper — jedenfalls nicht mit dem richtigen Mann.

Und das ist eindeutig der richtige Mann.

Er bewegt sich von mir weg und steht auf. Er knöpft seine Jeans auf. „Ich werde nur die hier los.“

Meine Augen werden groß, als der Reißverschluss nach unten wandert und er sich den Stoff langsam über die Hüften schiebt. Sein kurzes Schamhaar glänzt leicht im Licht von unten...und dann zieht er seine Hose komplett aus, zusammen mit seinen Boxershorts.

Seine Erektion springt an seinen Bauch und ich spanne mich an, leicht von seiner Größe eingeschüchtert. Ich war noch nie so nah, und er hat fast den gleichen Umfang wie mein Handgelenk. Ich merke sofort, wie ich mich vor Verlangen und Nervosität anspanne. Wie kann er ohne Schmerz in mich hineinpassen?

Er grinst, als er mein Starren bemerkt. „Gefällt dir, was du siehst?“

„Ja“, hauche ich. „Aber ... wie kann das in mich hineinpassen?“

Er greift nach einem der Kondome und zieht es an. „Indem ich dich zuerst schön feucht mache und entspanne.“

Sein Grinsen verblasst und er greift nach der Decke. „Kann ich mit darunter? Ich friere.“

Ich kichere und rutsche zur Seite, dann legt er sich neben mich. Ich schreie leicht auf, als seine kalten Füße mein Bein berühren. „Ah! Kalt!“

Er lacht. „Entschuldige, Süße. Ich verspreche dir, dass dir wieder warm wird.“

Loki wird einmal zu viel gestört und springt grummelnd vom Bett. „Tut mir leid, Kleiner, aber ich mache keine Dreier“, scherzt Michael und ich werde rot.

Er dreht sich um und küsst mich innig, während seine Hände

über meinen Körper gleiten. Er erkundet jeden Zentimeter von mir, von meinen Knien bis zu meinem Kopf, wie ein blinder Mann, der sich meinen Körper einprägt. Seine glatten Hände necken und streicheln mich durch den Stoff und ich zittere und beginne zögerlich, auch seinen Körper zu erkunden.

Seine Haut ist so glatt, selbst seine Narben fühlen sich wie glattes Leder an.

Ich vergesse die Zeit, während wir einander befühlen. Dann findet er den Saum meines Nachthemds und lässt seine Hand darunter gleiten, um meinen Oberschenkel zu streicheln.

Ich stöhne leise. „Mehr", seufze ich, er lächelt und beginnt, den Stoff meinen Körper hinaufzuschieben.

Je weiter der Flanell verschwindet, desto mehr liebkost er meinen Körper. Seine Finger knöpfen das Oberteil auf, sodass er meinen Hals küssen und zu meinem Ausschnitt wandern kann.

Seine Daumen drücken in die Falte meiner Hüften und lassen unerwartete Lust durch meinen Körper schießen, als würde er mich direkt liebkosen.

Als er das Nachthemd über meinen Bauch schiebt, werde ich ungeduldig und setze mich auf, um es auszuziehen. Er starrt meine Brüste an, dann folgt er mir zurück auf die Matratze und hält sie wie Schätze.

Er kniet sich über mich und seine Daumen streichen über meine Brustwarzen, während ich mich winde und reflexartig die Hüften hebe.

„Na also", flüstert er. „Gefällt dir das?"

„Oh ja", stöhne ich bereits keuchend. „Bitte hör nicht auf ..."

„Kann ich nicht", murmelt er und senkt seinen Kopf zu meinen Brüsten.

Er beginnt sie zu küssen, fährt mit der Zunge darüber und knabbert leicht.

Sein heißer Mund umschließt meine Brustwarze und er zieht leicht daran, woraufhin meine Gedanken alle verschwinden.

Er hat die volle Kontrolle, jede Bewegung seines Mundes zieht meinen Körper nach oben, als hinge ich an Seilen. Sein Mund arbeitet auf meiner Haut, zieht und leckt, während elektrische Schläge der Lust mich zittern lassen.

Ich wimmere enttäuscht, als er aufhört und stattdessen beginnt, meinen Bauch unter der Decke zu küssen. Seine Fingerspitzen gleiten über meine Haut, bis seine Zunge meinen Bauchnabel berührt.

Ich bin so erregt, dass ich kaum denken kann. Ich kann mich nur winden und Geräusche machen, während er tiefer und tiefer geht, bis er eines meiner Beine über seine Schulter legt und warme Luft auf meine Mitte bläst.

Ich erkenne, was er im Begriff zu tun ist, als er mich mit den Fingerspitzen öffnet und sie dann langsam in mich hineingleiten lässt.

„Oh!" Seine Zunge, wie sie auf und ab geht und kreisende Bewegungen macht, erregt mich so sehr, dass sich meine Muskeln beinahe schmerzhaft anspannen.

Er muss mich festhalten, jede Bewegung seiner Zunge lässt mich wimmern und die Hüften rollen. Ich vergrabe meine Nägel im Bett und die Fersen in der Decke, als seine Zunge wieder und wieder nach vorne schießt.

Ein köstlicher Druck baut sich in mir auf, es ist angsteinflößend, aber hauptsächlich fühlt es sich so gut an, dass ich nur halb verständlich um mehr flehen kann. Dann beginnt er mich mit zwei Fingern zu streicheln und der Druck wird plötzlich so stark, dass ich nach Luft schnappe.

Die Lust wird ein paar Sekunden später zur Ekstase und jede Zelle in meinem Körper leuchtet auf. Mein brennendes Verlangen umgibt mich und ich schreie.

Und er macht einfach weiter.

Unglaublich! Nach diesem Rausch ruht sich mein Körper nicht aus. Er macht weiter und ein weiterer Höhepunkt bricht sich sofort über mir. Diesmal habe ich nicht den Atem zum Schreien, stattdessen stöhne ich heiser.

Schließlich löst er sich von mir und ich lasse mich schlaff auf die Matratze fallen. Er klettert schwer atmend über mich, und als sein

Kopf unter der Decke auftaucht, brennen seine Augen vor Verlangen.

Ich nehme ihn in die Arme, die Beine bereits geöffnet. Ich spüre, wie er langsam in mich eindringt und angenehm dehnt. Es tut kaum weh!

Sein Kopf fällt zurück und er stöhnt mit aufgerissenen Augen. „Oh Gott", keucht er und drückt weiter, während sein ganzer Körper zittert. „Du fühlst dich so verdammt gut an ..."

Mein Duft mischt sich mit dem seines Schweißes und seiner Erregung, während er beginnt, sich langsam zu bewegen. Seine Atmung stottert, er wird immer schneller und die Matratzenfedern quietschen unter uns.

Ich halte ihn, hebe die Hüften, um ihn zu treffen. Er dringt immer und immer wieder in mich ein, berührt Stellen, die nie jemand berührt hat und lässt meinen ganzen Körper kribbeln.

Er bewegt sich härter und schneller und es fühlt sich unglaublich an. Kein Schmerz, keine Unbeholfenheit, keine Distanziertheit von dem Moment oder meinem Körper; als meine Nägel über seinen Rücken kratzen, stöhnt er nur und wird schneller.

Ich merke, wie er steif wird und seine Atmung heftiger wird. Er beginnt mit seinen Bewegungen zu stöhnen, jedes Mal lauter und kehliger als zuvor. Das Bett zittert, ich zittere.

Ich versuche ihm Ermutigungen zuzuflüstern, schaffe aber nur unverständliche Geräusche. Seine Schreie werden verzweifelter ... und dann höre ich, wie sich meine ihm anschließen, als ich mich wieder um ihn herum anspanne.

Wir kommen gleichzeitig zum Höhepunkt, selbst als ich stöhne und mich unter ihm winde, wölbt er den Rücken und schreit aus purer Lust.

Er zittert in mir und spannt sich über mir an, das Gesicht vor Ekstase verzerrt. Dann erschauert er ein letztes Mal, bevor er sich über mich legt.

„Oh Michael", flüstere ich mit meiner letzten Kraft. Er zieht sich hoch und küsst mich sanft.

„Hat dir das gefallen?", murmelt er schläfrig mit einem trägen Lächeln im Gesicht.

„Ja", erwidere ich, schockiert und befriedigt. „Oh ja."

„Gut." Er geht widerwillig von mir herunter und steht auf, um das Kondom loszuwerden. „Denn sobald wir uns ausgeruht haben, will ich mehr."

Ich lächle und kann kaum die Augen offenhalten. „Ich auch."

11

MICHAEL

Ich wache in Eves Bett auf und frage mich, ob ich das Falsche getan habe. Wenn dieser Traum wirklich wahr ist, dann habe ich sie bereits in ein Chaos gezerrt, für das sie mir vielleicht nie vergeben wird. Und doch hat sie klargemacht, dass sie mich akzeptieren wird, egal wer ich bin.

Das hat mich ganz gerührt! Wie war mein Leben außerhalb der Vorfälle in meinem Traum? Aber noch nie habe ich eine so grenzenlose Akzeptanz gespürt.

Vielleicht habe ich selbst zu viel Zeit mit beschissenen Menschen verbracht?

Ich drehe mich um, um Eve beim Schlafen zuzusehen. Sie ist unter der Decke nackt, ihre Haut ist seidig. Meine Erektion wird von ihrem morgendlichen Zustand innerhalb von Sekunden völlig steif, als ich ihren Duft einatme.

Sie rührt sich und öffnet die Augen, wobei sie schläfrig etwas murmelt. „Guten Morgen", flüstere ich und sie lächelt, als ich mich an sie drücke.

„Guten Morgen."

Ich küsse sie sanft und berühre mit einer Hand ihre volle Brust. Ihre Brustwarze wird fest, als ich sie mit dem Daumen reibe, und sie windet sich und wimmert leise. Ich lege mich auf sie und halte den Großteil meines Gewichts mit meinen Knien, während ich sie weiter küsse.

Ich dringe leicht in sie ein, während sie ihre Hüften unter mir hebt. Ihre Hände landen auf meinen Hüften und meinem Hintern, dann streicheln sie meinen Rücken, als sie mich an sich zieht. Ihr Seufzen und Keuchen verwandelt sich zu einem unterdrückten Stöhnen und sie vergräbt ihre Nägel in meiner Haut.

Ich halte es aus, necke und umarme sie und widerstehe dem Drang, immer und immer wieder in sie einzudringen, bis ich zum Höhepunkt komme. Die Methoden des Sex' mögen vielleicht immer noch in meinen Händen und meinem Körper sein, aber das Vergnügen des Sex ist wunderbar neu.

Letztendlich geht der Kuss zu Ende und ich vergrabe mein Gesicht an ihrem Hals, wo ich an ihrem Puls sauge und lecke, als sie beginnt, ihre Hüften an mir zu reiben. Ich atme schwer, meine Erektion schmerzt vor Verlangen, in ihr zu sein...und als sie meinen Hintern umfasst und die Nägel hineingräbt, weiß ich, dass sie bereit ist.

Ich ziehe eines der Kondome über und streichle sie, während ich eindringe. Sie wölbt den Rücken, ihr Mund öffnet sich. Ihre Augen sind zugekniffen.

Nichts fühlt sich so gut an wie sie, selbst ohne das Kondom. Ich versteife mich und schnappe nach Luft, als ich Zentimeter für Zentimeter eindringe. Dann lege ich mich geduldig über sie, abgestützt durch eine Hand, und stoße fest zu.

Ihr Kopf fällt auf das Kissen zurück, ihre Muskeln spannen sich an und sie spannt sich um mich herum an, bis sie in mir den Drang auslöst, mich wieder zu bewegen. Ich möchte es so sehr ... warte aber und bewege weiter meine Finger, bis sie zu zappeln beginnt.

Sie schreit vor Verlangen, reibt sich immer und immer wieder an mir. Ich stöhne durch die Zähne hindurch und dringe wiederholt schnell in sie ein, unsere Bäuche treffen aufeinander, während ich meine Finger schneller und schneller bewege.

Sie quietscht, ihre Nägel drücken so fest, dass es brennt — und dann spannt sie sich wieder um mich herum an und stöhnt heiser. Diesmal zieht mich ihre Reaktion mit über den Abgrund. Ich erstarre, wölbe den Rücken und Wellen der Ekstase brechen sich über mir. Ich stöhne in Richtung der Decke, während ich mich in mir ergieße.

Alles wird für einen Moment weiß. Als ich wieder zu mir komme, lege ich den Kopf auf ihre Schulter und sie hält mich fest.

Erst als ich merke, wie meine Erektion nachlässt, zwinge ich mich zum Aufstehen und entledige mich des Kondoms. Die kalte Luft schlägt auf meine nackte Haut, auf dem Weg zurück vom Badezimmer gebe ich ein paar Pellets in den Ofen. Dann gehe ich zurück nach oben in Eves Bett und ihre Arme.

Entspannt und zufrieden schließe ich die Augen, froh darum, dass der Wahnsinn meiner Situation noch eine Weile vor der Tür bleibt.

Es hält allerdings nicht an. Ich habe nicht einmal fertig geduscht, bevor ich mir Sorgen um meinen Traum, Bertie und die große Wahrscheinlichkeit mache, dass ich ein Mafia-Auftragskiller auf der Flucht bin.

Ich bin immer noch damit beschäftigt, als wir Stunden später die Veranda und die Autos freischaufeln. Ich möchte Eve nicht zurücklassen, aber so lange Bertie und seine Partner nicht meine Spur verlieren, verfolgen sie mich vielleicht unaufhörlich. Und ihr Zuhause ist zu Fuß von meinem Unfallort zu erreichen. Wer weiß, ob sie mit mehreren Leuten den Wald nach mir durchsuchen?

Eine Schneefräse lässt den Schnee schnell verschwinden, der noch nicht vereisen konnte. Und der Jeep hat einen kleinen Flug am Kühlergrill für die Auffahrt. Ich setze mich auf den Beifahrersitz und plaudere mit Eve, während sie vor und zurück fährt, um den Weg zur Landstraße zu räumen.

„Also, die schlechte Neuigkeit ist, dass die Notaufnahme nicht geöffnet ist. Wir können zum Krankenhaus, das zwanzig Meilen weiter ist, oder bis morgen warten." Sie seufzt verzweifelt. „Habe ich erwähnt, dass ich Schneestürme hasse?"

„Ich kann das eindeutig verstehen, obwohl uns der Sturm

diesmal Zeit gegeben hat, einander besser kennenzulernen." Besonders körperlich.

Wie sie bei ihrem ersten Orgasmus aus schockierter Lust geschrien hat ... Wie sie sich unter mir gewunden hat ...

Ich kann es nicht erwarten, das Auto zu finden, zu beweisen, dass es existiert und alles daraus zu nehmen, was vielleicht hilft. Nicht nur, weil es mir beim Zusammensetzen meiner Vergangenheit helfen wird, sondern wir danach nach Hause gehen und wieder ins Bett gehen können.

Danach werde ich mir allerdings überlegen müssen, was ich wegen meiner Verfolger tun soll und muss Eve die unschöne Wahrheit erzählen. Wie soll ich das tun?

Die Straße ist mit einer dünnen Schicht Salz bedeckt, als wir durch den Schneehügel brechen, den der Schneepflug gebildet hat und sie befahren. Nur ein paar Reifenspuren, fast niemand ist heute unterwegs, nicht einmal zum Skifahren. „Fies hier draußen", bemerke ich. „Ich bin überrascht, dass es keinen Stromausfall gab."

„Ich habe einen zusätzlichen Generator, das wäre kein Problem gewesen. Es wird zu einem Problem, wenn der Wind stärker wird und die Bäume umstürzen. Das letzte Mal, als der Strom ausgefallen ist, war das, weil der Blitz in einen Transformator eingeschlagen ist." Sie verlangsamt, als ein Eichhörnchen über die Straße rennt.

„Zumindest sind die Tiere draußen", bemerke ich, als es wieder verschwindet.

„Ja", flüstert sie wehmütig. „Zwei Tage ohne draußen zu sein und sie nutzen die Chance, ein wenig Sonne zu bekommen und zu hamstern."

„Du magst Tiere wirklich sehr, oder?" Ich finde es reizend.

„Ja. Sie sind ehrenhafter als die meisten Menschen." Ihr Lächeln ist für einen Moment angespannt, aber sie fährt einfach weiter.

Wir kommen auf unserem Weg über die Straße an keinen Autos vorbei. Ich sehe mich nach irgendetwas Bekanntem um. Dann kommen wir an einem vom Blitz gespaltenen Baum vorbei — und ich erinnere mich aus meinem Traum daran.

„Wir fahren die richtige Richtung. Fahr weiter da lang." Mein

Körper spannt sich an, als wir dorthin fahren, wo ich überfallen wurde.

„Erinnerst du dich an mehr?" Sie klingt erwartungsvoll, aber etwas lauert da, das ich nicht wachrufen will.

Es kommt trotzdem. Plötzlich sind meine Hände am Lenkrad eines größeren Autos, ich fahre schneller, die Straße vor mir ist klar und es ist kaum Schnee zu sehen. Wut und Trauer, mein Gefühl des Verrats, meine Sorge — und ja, meine Angst, auch wenn ich mich davon nicht aufhalten lasse. So ein Mensch war ich noch nie.

Ich kann das nicht glauben! Bertie, mein Cousin, mein einzig lebender Verwandter. Ich habe ihm bei der Immigration und mit seinem Job beim Don geholfen.

Und was tut er, um es mir zurückzuzahlen, als ich sage, dass ich seinen Mist nicht länger machen kann? Was hält er für die richtige Reaktion auf seinen Verwandten und besten Freund, der sich weigert, ein Kind zu töten?

Er richtet eine Waffe auf mich und versucht, mich zu zwingen. Dieser Hundesohn hätte es besser wissen sollen.

Gut, vergessen wir das. Ich fahre an der Skihütte vorbei und fahre weiter Richtung Westen, bis ich die Staatsgrenze erreiche. Dann einfach weiter nach Südwesten. Colorado klingt gut.

Ich blinzle und ziehe Luft ein. „Geht es dir gut?", fragt Eve besorgt.

„Ich hatte irgendeine Auseinandersetzung mit einem alten Freund und Kollegen. Nicht sicher, was er von mir wollte, aber ich habe ihn k.o. geschlagen und zurückgelassen. Dann bin ich auf dieser Straße gefahren." Viele Details fehlen. Es ist feige, aber ich möchte sie nicht verschrecken.

Kann ich sie behalten, wenn sie von meinem alten Job erfährt? Deshalb kann ich es nicht erwähnen.

„Also du denkst, dass dein Freund dich in einen Hinterhalt geführt hat?" Sie klingt beunruhigt, nicht angewidert. Verdiene ich diese Loyalität und Unterstützung überhaupt?

Naja, ich werde tun, was auch immer ich kann, um sie zu verdienen. Jetzt, wo ich erkenne, wie unglaublich selten es ist, jemanden zu finden, der liebevoll ist. Wie ungewöhnlich es ist, jemanden zu finden, bei dem ich entspannt sein kann.

Wenn ich sie behalten und glücklich machen kann, kann ich vielleicht als guter Mann wieder anfangen, nicht als Killer. Aber zuerst sollte ich jeden loswerden, der hinter mir her ist.

„Ich bin mir ziemlich sicher. Aber nicht warum." Ich fühle mich fürchterlich, es ihr nicht zu erzählen. Aber sie muss keine Angst vor mir haben, und wenn sie herausfindet, dass ich ein Auftragskiller für die Mafia in Montreal war, dann bekommt sie die vielleicht.

„Also du sagtest, es wäre zehn Minuten in diese Richtung?" Sie wird langsamer. „Suchen wir nach einem Loch in der Leitplanke."

„Gute Idee." Es wird da sein müssen — sobald wir das Auto finden, habe ich noch mehr Teile dieses Rätsels.

Hoffentlich einschließlich einer Idee, wie ich die Leute loswerde, die hinter mir her sind. Im Moment ist meine einzige wirkliche Hoffnung, dass sie denken, ich sei bereits tot.

„Da vorne ist es." Bauarbeiter stehen auf der Straße. „Sie reparieren den Schaden. Wir werden an der nächsten Abzweigung parken und laufen müssen." Mein Herz sinkt bei der Tatsache, dass der Unfallort greifbar ist, aber ich habe mich darauf vorbereitet.

„Ich bin dabei", sagt sie sofort. „Ich muss mir nach all der Zeit im Haus die Beine vertreten." Sie hat keine Ahnung, dass es so aussieht, als würde sich meine Geschichte als noch gruseliger herausstellen als gedacht.

Wir fahren an der Stelle vorbei. Fünf Kerle in Warnwesten reparieren die Leitplane, zwei weitere stehen herum und trinken Kaffee. Eine blaue Limousine steht in der Nähe.

Einer der Kerle sieht mich lang an, als wir vorbeifahren. Er kommt mir nicht bekannt vor, aber das beruhigt mich nicht.

Wir parken an der nächsten Abzweigung und ich helfe Eve über die Leitplanke in den Wald neben der Straße. Überall ist Schnee, aber glücklicherweise ebener als auf der Straße darüber. Weg von der Leitplanke, unter dem Schutz der Kiefern, kann man laufen.

Ich trage eine Schaufel, sie hat ihre tragbare Schneefräse und einen zusätzlichen Akkusatz. Außerdem haben wir ein paar leere

Rucksäcke. Der Mietwagen ist definitiv nicht im Zustand, hier wegzu-
fahren. Ich bin nicht einmal verärgert, ihn nicht zurückbringen zu
können. Aber alles von mir könnte ein Beweisstück sein, und ich
muss es holen, bevor jemand das Auto bemerkt und neugierig wird.

Wir halten Händchen, während wir laufen. Ich kann ihre Wärme
durch die Handschuhe nicht spüren. Ich bin nur froh, dass ich ihr
helfen kann. Wir bleiben bewusst außerhalb des Blickfeldes der
Bauarbeiter, während wir von unten an den Unfallort herangehen.

Was werden wir finden? Ein paar meiner Habseligkeiten müssen
da drin sein. Was wird passieren, wenn eine weitere Welle hässlicher
Erinnerungen ausgelöst wird, die ich vielleicht nicht mit Eve teilen
möchte?

*Aber das muss ich. Sobald wir zurückkommen, setzen wir uns hin und
besprechen alles, was ich bisher bestätigen konnte. Es verschreckt sie vielleicht, aber es ist meine Pflicht.*

„Warum ist niemand gekommen, um das Auto zu holen?", fragt
Eve, als wir das Loch in der Leitplanke sehen. Wir sind unterhalb
und ich spähe um die Schneewehen, auf der Suche nach Hinweisen
auf meinen Mietwagen.

„Vielleicht konnten sie es nicht sehen? Ich habe selbst Probleme,
es zu finden." Ich schütze meine Augen vor der unerwartet grellen
Sonne, die den Schnee wie Diamanten glänzen lässt. Nur die blauen
Schatten unter den Kiefern bieten Erleichterung vor dem blen-
denden Anblick, weshalb ich mich auf sie konzentriere.

Von den Bäumen sind Zweige abgebrochen und die Büsche sind
plattgedrückt. Ich seufze erleichtert. „Da haben wir es. Komm
schon."

Den Hügel hinauf sind orangefarbene Helme zu erkennen,
während die Männer an der Leitplanke arbeiten. „Okay. Wir müssen
eine der Türen und den Kofferraum ausgraben, ohne aufzufallen.
Vermeiden wir die Nutzung der Schneefräse, es sei denn, ich bin
erschöpft."

Sie nickt und wir gehen zu dem vergrabenen Auto. Glücklicherweise ist der Schnee noch nicht fest geworden, er liegt im Schatten
und ist nicht warm genug. Ich grabe gerade nach unten, bis ich eine

Ecke des roten Autos finde und schließlich auch den Kofferraum. „Okay, hier ist ein Teil davon."

Ich fische meine Schlüssel heraus und versuche jeden, bis sich einer dreht. Der Kofferraum öffnet sich, der restliche Schnee rutscht herunter und ein einziger grauer Koffer ist darin.

„Okay." Ich hole ihn hervor und gehe dann dorthin, was ich für die Beifahrerseite halte. „Ich werde meinen Koffer zur Straße tragen müssen. Er ist ziemlich schwer. Kannst du auf dem Weg zurück die Schaufel und die Fräse tragen?"

Sie nickt entschlossen. „Absolut." Sie ist ebenfalls aufgeregt, herauszufinden wer ich bin.

Ich hoffe, dass sie nicht enttäuscht wird!

Nach viel Graben, Kratzen und Ziehen öffnet sich die Beifahrertür und ich bin so warm geworden, dass ich für eine Weile meine Mütze ausziehe. Dann klettere ich hinein.

Die Windschutzscheibe ist zerbrochen, auf den Sitzen liegt Schnee. Weiteres Graben. Ein paar getrocknete Blutstropfen auf den blassblauen Bezügen. Dieser Hinterhalt ist genauso gelaufen wie in meinem Traum. Selbst das Schussloch, das durch das Armaturenbrett gegangen ist.

„Ja, dieser Teil des Traums war definitiv richtig", seufze ich.

„Wird dir kalt?", fragt sie und ich sehe auf, um in ihrer Hand eine große Thermoskanne zu finden.

„Oh wow, ist da der Rest des Morgenkaffees gelandet? Du bist ein Engel." Das ist sie wirklich! Kaffee, Liebenswürdigkeit, toller Sex und sie verehrt mich! „Ich habe so ein Glück, dich getroffen zu haben."

Sie wird rot. „Ich äh, habe ein wenig Schokolade dazu", gibt sie zu. „Das macht ihn genießbarer."

„Kaffee unterwegs? Okay." Ich schraube den Deckel ab und nehme einen Schluck, der meine Zunge verbrennt, mich aber aufwärmt. „Das ist gut."

Ich ruhe mich ein paar Minuten aus und wärme mich mit dem Kaffee auf. Wir reichen die Thermoskanne hin und her und trinken, bis sie leer ist. Ich trinke den Großteil davon. Ein Auto aus einer

Schneewehe zu schaufeln ist harte Arbeit. Ich wappne mich und kehre zur Arbeit zurück, sobald die Kanne leer ist.

Im Handschuhfach ist ein Bündel Geld, Mietdokumente und ein paar beheizbare Handschuhe. Im Fußraum liegt viel zerbrochenes Glas, eine kaputte Sonnenbrille und eine .44 Automatik, die ich schnell in den leeren Holster unter meinen Arm schiebe, bevor Eve sie sehen kann. Ich fühle mich sofort sicherer mit einer Waffe an meinem Körper.

Es ist vermutlich eine so alte Gewohnheit, dass sie meine Emotionen verändert hat. Ich werde es vor Eve verstecken müssen, bis ich es ihr erklären kann, ohne dass sie ausflippt. Vielleicht in dem Koffer, sobald ich ihn geleert habe?

Als letzten Punkt, unter dem Bremspedal, finde ich etwas Unerwartetes: ein weiteres Handy, durch einen Lufteinschluss vor dem Schnee gerettet. Ich erkenne es sofort. „Hey, ich habe mein Handy gefunden."

„Das andere gehört nicht dir?" Sie späht durch die Tür.

„Ja, deshalb konnte ich mich vielleicht nicht an den Sperrcode erinnern." Ich wische darüber, aber natürlich ist der Akku leer. „Ich hoffe, dass das Ladekabel in meinem Koffer ist."

„Würde Sinn ergeben, wenn es nicht in deinen Klamotten war", spekuliert sie.

Die Rückbank ist leer. „Okay", flüstere ich, erleichtert darüber, dass uns keiner der Bauarbeiter über den Baulärm gehört hat. „Ich glaube, wir sind hier fertig."

„Gut, denn ich friere mir die Zehen ab. Möchtest du wegen irgendetwas in die Stadt oder lieber nach Hause?" Ihre Stimme ist fröhlich, trotz ihrer kleinen Beschwerde.

Ich denke an ihre Hütte im Wald, warum und gemütlich, und an das Bett mit den vielen Steppdecken, wo sie mich in der Dunkelheit gehalten hat. Meine Erektion rührt sich trotz der Kälte und ich lächle. „Ja, ich möchte meine Sachen an einem warmen und privaten Ort durchsehen."

Ich nehme den Koffer und will Eve folgen, als ich einen weiblichen Schrei von der Baustelle höre. Ich sehe auf—und erkenne eine Frau mit weißem Zopf, die den Abhang zu uns hinunterkommt.

„Hey!", ruft sie. „FBI! Lassen Sie alles fallen und bleiben Sie stehen!"

„Was —", beginnt Eve, aber ich schüttle nur den Kopf.

„Lass alles fallen und lauf", sage ich — und das tut sie. Sie lässt Schaufel und Schneefräse fallen und stolpert so schnell sie kann den Hügel hinauf. *Gott sei Dank.* Ich renne ihr hinterher.

„Michael Di Lorenzo! Stehenbleiben oder ich schieße!", ertönt es weiter und ich ducke mich, während ich Eve mit dem Rucksack auf dem Rücken hinterherlaufe.

„Was geht vor sich?", keucht Eve alarmiert vor mir, die trotz ihres kleinen, rundlichen Körpers sehr schnell ist.

„Diese Frau ist nicht vom FBI", keuche ich zurück. Ein paar Männer auf der Straße brüllen. Eve wimmert vor Angst und rennt schneller. „Oder wenn sie es ist, ist sie verrückt!"

„Ich beginne dir zu glauben!", ruft Eve über ihre Schulter hinweg. Ich höre die Frau fluchen und dann schreit sie einmal, bevor das Rufen aufhört.

„Wir müssen uns beeilen. Sie wird erraten haben, dass wir die Straße runter geparkt haben." Ich dränge nach vorne und greife Eves Hand, um ihr auf dem Weg zurück zum Jeep zu helfen.

„Wer ist das?", schnauft Eve.

„Ich weiß es nicht, aber ich vertraue nicht darauf, dass sie nicht auf uns schießt, wenn sie uns einholt." Selbst wenn sie vom FBI ist, kann ich nicht erwarten, dass sie nicht schießen wird.

Verdammte FBI-Agenten! Genau was ich brauche: zwei schießfreudige Verfolger. Aber wenn sie wirklich vom FBI ist, gibt es vielleicht einen Weg, sie dazu zu bringen, stattdessen Bertie und seine Unterstützer zu verfolgen?

Woher wussten sie von mir, wenn ich die ganze Zeit Berties Handy hatte? Sie mussten bereits in der Gegend gewesen sein — was bedeutet, dass entweder die Familie sie als meine Unterstützung geschickt hat — oder als seine, falls ich ihren ‚Nebenjob' ablehne.

War meine Loyalität fragwürdig? Habe ich Anzeichen gezeigt, dass ich gehen wollte? Oder wollten sie mich loswerden, da sie wussten, dass ich nie ein Kind umbringen würde, selbst wenn sie das sagten?

All diese Fragen nagen an mir, als wir zurück zum Jeep stolpern. Ich bete immer noch, dass diese Frau weiter den Abhang hinunter und uns direkt gefolgt ist. Ansonsten muss sie nur in ihre blaue Limousine steigen, ein wenig weiterfahren, und —

Und als wir ankommen, ist es genau, wie ich befürchtet habe. Die blaue Limousine parkt direkt hinter uns und die blonde Frau wartet, die Waffe im Holster, während sie mit verschränkten Armen am Jeep lehnt.

Eve grummelt überrascht und ich trete vor sie, um sie mit meinem Körper zu schützen. „Was zur Hölle wollen Sie?"

Diesmal holt sie ihre FBI-Marke heraus, die entmutigend real aussieht. „Wir müssen reden", sagt sie bestimmt.

12

EVE

Ich stehe erstarrt da, voller Fragen, während Michael sich vor mich stellt, als erwartet er eine Kugel. Der Ausdruck der Verzweiflung in seinem Gesicht verstärkt meine Fragen nur. Wer ist diese Frau?

„Na ja, ich bin froh zu sehen, dass Sie nicht verstorben sind", seufzt die Frau. Ich spähe um Michael herum und sehe mir ihre Marke an. Carolyn Moss, FBI. Und sie kennt Michaels vollen Namen.

Das ist kein gutes Zeichen.

„Wer sind Sie und wer bin ich für Sie?", will Michael wissen.

„Wie gesagt, wir müssen reden. Kommen Sie mit mir und wir bringen das in Ordnung." Ihre Stimme ist vernünftig ... und eigenartig ermüdet.

„Werde ich festgenommen?", fragt Michael und mir fällt ein kalter Stein in den Magen. Ich beginne zu zittern.

„Nicht zu diesem Zeitpunkt. Allerdings gibt es ein paar Dinge, die Sie wissen sollten." Sie lehnt sich weiter an meinen Jeep, als würde er ihr gehören, und wirft mir einen neugierigen Blick zu, bevor sie mich wieder ignoriert.

„Michael, wer ist diese Frau und warum solltest du festgenommen werden?" Panik liegt in meiner Stimme. Er sagte, sein Leben sei gefährlich. Jemand hatte versucht, ihn zu töten. Aber das?

Die Frau schreckt leicht auf und blinzelt mich in völliger Verwirrung an, als bemerke sie mich zum ersten Mal und frage sich, wo ich hergekommen bin. „Das ist einfache Routine", sagt sie hastig, scheinbar besorgt darüber, mich zu beunruhigen oder mir den falschen Eindruck zu verschaffen. „Sind Sie die Besitzerin des Autos am Fuße dieses Hügels?"

„Lassen Sie sie da raus!", knurrt Michael mit Verzweiflung in der Stimme. „Es ist nicht ihr Auto."

„Hätten Sie dann etwas dagegen, mir zu erklären, warum Sie es ausgegraben haben?" Ihr Blick landet immer wieder auf Michaels Stirn, wo seine Verletzung unter seinem Haaransatz hervorlugt.

„Es ist mein Mietwagen." Michaels Stimme ist ruhig und gleichmäßig. „Ich war bei dem Autounfall allein. Es hat mir einen ordentlichen Schlag auf den Kopf versetzt und seither versuche ich herauszufinden, was passiert ist."

Ihr Gesicht fällt für einen Moment, dann wirft sie ihm einen argwöhnischen Blick zu. „Woher soll ich wissen, dass Sie mir keinen Müll erzählen?"

„Lady, ich wusste nicht einmal meinen Nachnamen, bis ich ihn auf den Formularen des Mietwagens gesehen habe. Ich war bisher eingeschneit, mit einer Verletzung und ohne Chance darauf, einen Arzt zu sehen. Und da Sie nichts haben, um mich festzunehmen, außer dass auf mich geschossen wurde und ich mein Auto geschrottet habe —"

„Tony Lucca." Die FBI-Agentin — wenn sie das tatsächlich ist — sagt das mit emotionsloser Stimme, als wäre sie sich sicher, dass es ihn innehalten lassen würde.

Stattdessen scheint es Michael nur zu verwirren. „Wer?"

Ihre Augen werden groß, als sie seine Wunde betrachtet, dann fällt ihr Gesicht. „Sie verarschen mich doch! Sie erinnern sich *wirklich* nicht?"

„An kaum etwas." Er schiebt sein Haar beiseite und sie schnappt nach Luft.

„Okay, ich beginne Ihnen zu glauben. Aber wir haben hier ein Problem. Wer auch immer auf Sie geschossen hat, ist immer noch in der Gegend und sucht nach Ihnen. Und wir wollen sie." Sie entspannt sich ein wenig.

Oh. Das klingt weniger absurd. War Michael bei irgendetwas Zeuge?

Etwas, wegen dem Kriminelle ihn tot sehen wollen?

„Ich würde gerne helfen, wenn ich mein verdammtes Hirn wieder in Ordnung bringe. Wie es aussieht —" Plötzlich erstarrt er.

„Runter!" Er greift mich und zieht mich hinter den Stahlpflug des Jeeps, gerade als eine Kugel in den Baum hinter uns einschlägt.

Ich schreie instinktiv auf, als die FBI-Agentin umherwirbelt und eine riesige silberne Schusswaffe hervorholt. Sie geht halb hinter ihrer Limousine in Deckung und zielt auf die Bäume. Michael schirmt mich mit seinem Körper ab. „Halt einfach still, es wird alles gut", versichert er mir.

Aber es ist nicht gut. Nichts hieran ist gut, und als die FBI-Agentin einen Schusswechsel mit demjenigen führt, der hinter den Bäumen ist, beginne ich zu zittern und zu weinen. Die Tränen fühlen sich wie Eis auf meinen Wangen an, und ich warte die ganze Zeit darauf, dass er vor Schmerzen zu stöhnen beginnt, als ihn eine weitere Kugel trifft. Nur dass diese ihn mir wegnehmen wird.

Und irgendwie bin ich mehr darüber besorgt als über die Schwierigkeiten, in denen wir stecken oder darüber, dass nicht auf mich geschossen werden würde, wenn ich ihn nie getroffen hätte. Dieser Gedanke kommt in einer Welle der panischen Feindseligkeit; es ist einfacher, es beiseitezuschieben.

„Verdammt! Es sind mindestens zwei Schützen", knurrt die Agentin, als sie sich wieder duckt.

„Haben Sie keine Verstärkung?" Michael klingt erstaunt.

„Nein! Mein Vorgesetzter ist ein Arschloch." Sie klingt weniger feindselig ihm gegenüber — aber verzweifelter.

„Wer ist dann der Kerl von den Bauarbeitern?" Einer der Männer an der Straße hat uns eigenartig angestarrt, auch wenn ich mir zu diesem Zeitpunkt nichts dabei gedacht habe.

Wir drehen uns alle gleichzeitig um — rechtzeitig, um einen der Bauarbeiter mit einer Pistole in der Hand auf uns zukommen zu sehen. Sie ist direkt auf die FBI-Agentin gerichtet.

Die Agentin schreit auf und hebt ihre Waffe — dann löst sich direkt neben mir ein Schuss, der meine Ohren klingeln lässt. Der Kopf des Kerles fliegt in einer Wolke roten Nebels zurück, während er zu Boden fällt und die Pistole loslässt.

„Meine Güte!", ruft jemand auf dem Hügel, laut genug, dass ich es über das Klingeln in meinen Ohren hören kann. Die Agentin springt auf und feuert einen weiteren Schuss in diese Richtung ab, dann brüllt jemand. Die Schießerei geht zu Ende.

Michael beugt sich über mich und hat eine schwarze Pistole in der Hand. Seine dunklen Augen sind hart. Er steckt die Pistole in den Holster unter seinem Arm und dreht sich zu mir um.

Sein Gesicht fällt. „Tut mir leid", sagt er leise. „Geht es dir gut?"

Das tut es, und auch wenn das Risiko von ihm ausgegangen sein mag — und zwar unabsichtlich — hat er getan, was getan werden musste. Dem Ausdruck von Besorgnis und Verwirrung nach zu urteilen, hat er es aus Instinkt getan.

Und es hat nicht nur das Leben der FBI-Agentin gerettet. Es hat auch meins gerettet.

„Ich habe nur Angst, ich brauche meine Tabletten." Ich fühle mich schrecklich unausgerüstet für diese Situation.

„Okay", sagt er und umarmt mich, wobei er die Agentin für einen Moment ignoriert. Sie schreit in ihr Handy, etwas über zusätzliche Agenten, einen Rettungswagen und örtliche Behörden. „Es ist okay. Wir bringen das in Ordnung und gehen nach Hause."

Ich schluchze kurz, bevor ich mich unter Kontrolle bringe. Die Tränen kühlen meine Wangen weiter herunter und brennen. „Was ist all das?" Ich murmle in seine Brust, während er über mein Haar streicht.

„Ich bin mir nicht sicher", antwortet er. „Aber ich werde dir sagen, was ich herausgefunden habe, sobald wir von hier verschwunden sind."

Die Agentin legt fluchend auf und dreht sich zu uns um. Michael sieht sie an. Sie starrt zurück, anscheinend sprachlos.

„Sie hätten mir in den Rücken schießen können", murmelt sie überrascht. „Stattdessen haben Sie mir das Leben gerettet."

„Hören Sie zu, Lady", erwidert Michael heiser. „Ich weiß wenig über das, was vor sich geht, aber ich lege mich nicht mit diesen Kerlen an. Und nein, ich werde Sie nicht von irgendeinem Arschloch erschießen lassen, nur weil Sie mir Ihre Marke unter die Nase halten."

„Sie sind nicht, wie ich erwartet habe ..." Sie zögert. Dann wird ihr Ausdruck wieder kalt. „Wo haben Sie die Waffe her?", fragt sie und ich festige meinen Griff an seiner Schulter, da ich es auch wissen will.

„Sie war im Mietwagen." Er hat mir nicht gesagt, dass er sie gefunden hat, was meinem Vertrauen in ihn einen Dämpfer verpasst. Aber ich warte mit meinem Urteil, bis ich weitere Tatsachen habe.

„Deshalb sind Sie zurückgekommen?" Ihre Waffe ist immer noch draußen, aber nicht auf uns gerichtet.

„Ich bin wegen des Koffers zurückgekommen und um zu sehen, an was ich mich erinnern kann, indem ich das Auto ansehe. Ich trage seit zwei Tagen die gleichen Klamotten. Ich bin wegen meiner persönlichen Habe gekommen. Ich weiß nicht einmal, ob die Waffe mir gehört." Ärger tropft von jedem Wort.

„Also stört es Sie nicht, wenn ich nach Fingerabdrücken suche und die Zulassung überprüfe?" Ihre Stimme ist nicht so kalt wie zu Beginn, aber sie ist unerbittlich, als sie eine Hand zu ihm ausstreckt.

„Meinetwegen." Er dreht die Waffe um und reicht sie ihr mit dem Griff zuerst. „Ich bezweifle, dass Sie irgendetwas in Verbindung zu mir finden werden, aber machen Sie nur."

Sie runzelt die Stirn. „Ernsthaft. Sie sind nicht der Kerl, den ich erwartet habe."

„Vielleicht haben Sie jemanden erwartet, der nicht existiert?", gibt Michael zurück. „Ich möchte einfach nur reingehen und einen Eisbeutel auf meinen Kopf legen."

„Meinetwegen." Sie sucht in ihrem Mantel nach einer Karte und reicht sie ihm. „Rufen Sie mich an. Ich möchte einen Deal mit Ihnen machen. Versuchen Sie nicht, wegzulaufen, ich werde Sie aufspüren."

„Gut. Können wir gehen?" Michaels Stimme ist so hart wie Nägel.

„Für den Moment", antwortet sie und wirft mir einen weiteren neugierigen Blick zu. „Aber ich erwarte, morgen von Ihnen zu hören."

Michael seufzt resigniert und nickt.

13

EVE

Ich kann nicht sprechen, als wir wegfahren und in Richtung der Stadt rasen anstatt nach Hause, für den Fall, dass wir verfolgt werden. Michael fährt, während ich auf dem Beifahrersitz zittere. Meine Ohren tun durch den Schuss immer noch weh.

Ich glaube, er hat diesen Mann getötet.

Welche Wahl hatte er? Wenn er die Waffe nicht benutzt hätte, wären wir dann jetzt tot? Oder diese FBI-Agentin?

Was soll ich tun? Der Mann, in den ich verliebt bin, ist gleichzeitig ein Held und ein Monster.

Michael spricht, bevor ich mich dazu durchringen kann. „Wenn du willst, können wir durch die Stadt kehrtmachen. Ich rufe ein Taxi, sobald ich dich nach Hause gebracht habe und verschwinde aus deinem Leben. Ich hätte dich nie so in Gefahr gebracht, wenn ich das gewusst hätte."

Wie viel davon ist wahr? Es liegt viel stumme Begierde dahinter. Ich merke, wie ich am Rand einer Panikattacke stehe und dränge ihm bei dem Thema nicht weiter.

„Mir fällt jetzt mehr ein. Wenn ich gewusst hätte, dass die einen Kerl bei den Bauarbeitern haben, um nach mir zu suchen, hätte ich dich nie darum gebeten, mit mir zu kommen. Ich hätte dich bestimmt nicht absichtlich in eine Schießerei verwickelt."

„Natürlich nicht", bringe ich mit Tränen in den Augen und schniefend heraus.

Er verzieht das Gesicht, konzentriert sich aber weiter auf die Straße. „Sag ... sag mir einfach, wie ich das in Ordnung bringen kann."

Meine Angst ergreift mich und ich möchte schreien, dass er das nicht in Ordnung bringen kann, dass es dafür zu spät ist. Aber ich halte diese Worte zurück und atme tief ein.

„Weißt du, vielleicht besteht der einzige Grund, dass ich dir nicht sage, du sollst verdammt nochmal aus meinem Leben verschwinden, darin, dass sich nie jemand um mich geschert hat oder Dinge mit mir in Ordnung bringen wollte." Die Worte brechen hervor und klingen sinnlos, aber zumindest nicht voller Hass.

„Was meinst du? Meine Güte, das mindeste, was ich dir schulde, ist eine verdammte Entschuldigung. Du hast mir das Leben gerettet, und als Gegenleistung habe ich dich in Gefahr gebracht." Er zögert, dann fährt er fort. „Das ist mein Schlamassel, und zwar ein großer."

„Ja, ist es." Meine Stimme zittert und ist kindisch, meine Tränen fließen und verwandeln die Straße vor uns in grau-weiße Schlieren. „Das hat mir Angst gemacht und ich möchte das nie wieder durchmachen."

„Ich auch nicht. Ich weiß nicht, was ich wegen meiner Vergangenheit tun soll, aber ich wünsche mir, dich davon so weit wie möglich fernzuhalten. Deshalb habe ich angeboten, zu verschwinden." Seine Fingerknöchel am Lenkrad sind weiß. Er mag vielleicht stoisch sein, aber er versteckt seine eigenen Ängste unter seinem kühlen, grimmigen Äußeren.

Ich wische mir über die Augen und sehe durch das Fenster auf die weißen Schleier, während ich versuche, nicht daran zu denken, wie rot mein Gesicht ist oder dass meine Nase bald anfangen wird zu laufen.

„Fang ... einfach mit der Wahrheit an. Und ja ... lass uns nach

Hause gehen. Ich möchte keinen Zusammenbruch in der Öffentlich-
keit haben."

„Ich verstehe. Ich glaube nicht, dass diese Kerle, die auf uns
geschossen haben, irgendwo mit Verkehrskameras arbeiten." Seine
Stimme hat sich verändert. Sie ist nicht nur voller Entschlossenheit,
sondern irgendwie auch unerbittlich, als wäre er bereit, durch eine
Armee hindurchzupflügen, um uns sicher nach Hause zu bringen.

Ich hoffe wirklich nur, dass es nicht dazu kommt.

„Folgendes weiß ich mit Sicherheit. Mein Name ist Michael Di
Lorenzo. Ich bin Kanadier, aber vielleicht in Italien geboren. Ich habe
in Montreal für ein paar gefährliche Männer gearbeitet. Mafia,
glaube ich. Dieser Kerl Bertie war einer von ihnen. Die Kerle, die auf
uns geschossen haben, müssen seine Kumpanen gewesen sein. Ich
wollte schon seit langer Zeit aussteigen." Zwischen seinen Worten
liegen lange Pausen, als versuchte er immer noch herauszufinden,
wie viel dessen, was er sagt, real ist und was davon Einbildung. Es
klingt so verrückt, dass ich gedacht hätte, es wäre das Ergebnis seines
angeschlagenen Kopfes, wenn vor zehn Minuten nicht auf mich
geschossen worden wäre.

„Sie wollten, dass ich einen Job in einer Skihütte annehme. Ich
sollte für sie ein Kind umbringen. Ein verdammtes Kind! Sie müssen
damit gerechnet haben, dass ich nein sage." Er lacht humorlos.

Mir wird schlecht. „Ein Kind? Wie ... warum?"

„Um die Mutter des Jungen dafür zu bestrafen, weggelaufen zu
sein. Es war abstoßend und ich habe mich vehement geweigert." Wir
fahren an einem Tanklaster vorbei, der die Straße entlang tuckert.
Vor uns ist die Abzweigung für Great Barrington.

„Wie auch immer, Bertie wusste, dass ich nie so einen Job erledigen würde. Aber er hat eine Waffe auf mich gerichtet und versucht
mich zu zwingen. Er wusste, dass der Boss bereits entschieden hatte,
mir eine Falle zu stellen. Die Strafe für Weigerung ist schließlich der
Tod."

Er verstummt, und als ich in sein Gesicht sehe, hat er konzentriert die Augenbrauen zusammengezogen. Er wird vor der Abzwei-

gung langsamer und sagt: „Ich bin nicht sicher, ob ich den Mann mag, der ich einmal war, aber er hätte nie ein Kind getötet.“

„Wen hat er dann getötet?“ Ich kann nicht glauben, dass ich ihn das frage.

„Mafiosi, nehme ich an. Es war ein Krieg. Unsere Jungs und Jungs aus anderen Städten wollten unser Revier.“ Er seufzt vor Erleichterung, als wir die Stadt erreichen.

Sie sieht jetzt so gewöhnlich aus. Die Menschen gehen einkaufen, in das winzige Theater, bauen Schneemänner in ihren Gärten. Ich habe mich von diesen Menschen einmal weit entfernt gefühlt, getrennt durch etwas Unerklärliches, das uns davon abhielt, uns verbunden zu fühlen. Jetzt erkenne ich, dass es Außenseiter gibt ... und Menschen, die so weit von normal entfernt sind, dass ihr Leben wie ein Actionfilm wirkt.

„Bertie und ich waren für lange Zeit Freunde. Ich habe ihm diesen Job verschafft. Am Ende hat er den Beruf mir vorgezogen.“

Ich nicke, kann ihn wieder ansehen und entdecke Dunkelheit in seinen Augen. Mein Herz hämmert und mein Brustkorb schmerzt durch zu viel Elend und Qual. Ich wünschte, die Dinge könnten wieder so sein wie vor ein paar Stunden, als ich in seinen Armen aufgewacht bin.

Stattdessen muss ich mich einer so hässlichen Wahrheit stellen, dass ich beginne zu verstehen, wie seine Amnesie durch ein Trauma entstanden sein kann. „Dieser Mann war dein bester Freund?“ Wie schrecklich! Das Schlimmste, was ich je hatte, waren Schwätzer und Tyrannen. Sein ‚bester Freund‘ hat ihm eine Falle gestellt, um ihn hinzurichten!

„Ja, und er hat eine Waffe auf mich gerichtet. Er hat den Hinterhalt vielleicht veranlasst. Einer der Kerle muss nach ihm gesehen haben, als er nicht aufgetaucht ist. Aber sobald ich an der Abzweigung zum Skiort vorbeigefahren bin, haben sie auf mich gewartet.“

„Sie müssen erkannt haben, dass du den Auftrag abgelehnt hast, wenn du die Abzweigung nicht genommen hast. Es war in der Skihütte?“ Das ist mit Abstand die bizarrste Unterhaltung, die ich je hatte!

Er grunzt zustimmend. „Vermutlich. Das scheint richtig zu sein." Er wirft mir einen weiteren verstohlenen Blick zu. „Ich frage mich immer noch, warum du mich nicht aus dem Jeep schmeißt. Ich habe jetzt das Geld, um mich selbst um mich zu kümmern. Du hast keine Verpflichtung mir gegenüber."

Er versucht, mich vom Haken zu lassen. Er lässt mich wissen, dass er gehen kann, wenn ich mich nicht sicher fühle.

„Ich weiß." Mein Zittern hat aufgehört und das Klingeln in meinen Ohren hat nachgelassen. „Wenn überhaupt ..."

Ich fühle mich wie auf dünnem Eis. Aber mit Menschen war ich immer auf dünnem Eis. Das macht die verdammte Angst mit mir. Also mache ich weiter.

„Wenn überhaupt, hast du eine Verpflichtung mir gegenüber, Michael Di Lorenzo." Ich kann nicht einmal sprechen, nachdem ich diesen Satz herausgebracht habe. Panik steigt in mir auf.

„Da stimme ich zu", sagt er mit gemäßigter Stimme. „Es liegt an dir, mir zu sagen, wie ich mich bei dir revanchieren soll."

Er hat das Thema gemieden und war nur ein paar Mal direkt gewesen. Vielleicht erinnert er sich nicht an das volle Ausmaß der Wahrheit. Es ändert nichts an der Tatsache, dass ich einen Mann liebe, der versucht, einen klaren Schnitt mit der Mafia zu machen.

So viel verdammte Angst, ich kann kaum ein paar Stunden mit jemandem ertragen, ohne erschöpft zu sein! Und doch hat er möglicherweise tausendmal schlimmere Dinge durchgemacht.

Vielleicht war die Schussverletzung nebensächlich? Etwas in seinem Verstand hat das als Ausrede genutzt, um sein altes Ich loszuwerden — alles ... Die Vergangenheit verschwindet nicht, nur weil man sich dazu entscheidet, sie zu vergessen!

„Erzähl mir den Rest von dem, was du weißt." Meine Stimme ist nicht länger ein zitterndes, peinliches Durcheinander. Das ist ein gutes Zeichen.

„Niemand ist zu Hause, denn das Einzige, das zurückzulassen ich bedauert habe, war meine Wohnung in Montreal und meine Kunstsammlung. Ich habe daran gedacht, als der Hinterhalt passiert ist. Wenn es ... jemanden ... gäbe, hätte ich stattdessen an sie gedacht."

„Das ist gut zu wissen." Ich lache nervös. „Du warst bereits in Massachusetts, als Bertie dich eingeholt hat, oder?"

„Muss ich gewesen sein. Ich war wegen jemand anderem hier. Die Zielperson war ein Schläger, kein Kind."

Er hält an der Ampel an und wir sehen einer Reihe von bunt eingepackten Kindern zu, die einer Frau wie Entenküken über den Zebrastreifen folgen. Ein Mann folgt dahinter, verstohlen, als hätte selbst er Schwierigkeiten damit, den Überblick darüber zu behalten, wie viele Kinder er hat. Michael lächelt.

„Ich habe schon immer Kinder und Tiere gemocht. Ich glaube, es hat meinen Boss manchmal verärgert. Keine Unschuldigen. Besonders keine Kinder. Nur Kämpfer wie ich, die wussten, worauf sie sich einließen."

Eines der kleinen Kinder rutscht auf halber Strecke aus und wir spannen uns beide an, aber der Vater springt nach vorne und fängt es. „Wie hat dein Boss kapiert, dass du gehen wolltest?"

„Vielleicht habe ich mich Bertie anvertraut?" Der Zebrastreifen ist leer, die Ampel springt um und er fährt wieder los.

„Ich weiß nicht, was ich davon halten soll." Dieser Mann, der nichts als nett zu mir war, hat jemanden direkt vor mir getötet? Es ist noch schwerer zu begreifen, dass Menschen zu töten sein Job war.

„Ich bin nur dankbar, dass du immer noch mit mir redest." Seine Stimme bekommt einen grimmigen Unterton, trotz der Ehrlichkeit seiner Aussage. „Warum tolerierst du mich immer noch?"

„Weil es nicht *tolerieren* ist! Du bist der Erste, der sich einen Dreck um mich schert. Du machst mir keine Angst, obwohl ich weiß, was du tun kannst — getan hast." Die Worte quellen hervor und ich kann sie nicht aufhalten. Ich schaffe es nur, die Verzweiflung aus meiner Stimme zu halten.

„Ich hatte mit viel zu kämpfen, Michael, und dank meiner Hirnchemie war es härter. Heutzutage kann ich niemandem um mich herum vertrauen. Und doch vertraue ich dir. Dafür muss es einen Grund geben. Ich bin nicht völlig unvernünftig. Tatsächlich geht es in die andere Richtung." Meine Stimme füllt sich mit Zynismus. „Du bist nach mehr als zehn Jahren die einzige Person, in deren Nähe ich tatsächlich sein *will*.“

„Selbst ... mit dem Wissen?“ Er klingt erstaunt.

„Ja“, gebe ich mir gegenüber genauso sehr wie ihm zu. „Selbst mit dem Wissen, dass du beruflich Mafiosi getötet hast.“

Den Rest der Strecke fährt er schweigend. Wir fahren auf dem Rückweg wieder auf die Fernstraße, bevor er wieder spricht. „Jetzt bin ich nicht sicher, was ich davon halten soll. Aber das liegt überwiegend daran, dass ich dich vielleicht nicht verdiene.“

„Niemand hat das je zu mir gesagt“, seufze ich, das Herz versunken in der Vergangenheit, Depression über mir wie eine schwere Schneedecke. Ich schüttle einen Teil dessen ab und mache weiter. „Erinnerst du dich sonst noch an etwas?“

„Ja, ich habe Bertie die Waffe abgenommen, sein Handy und habe ihm eins übergezogen. Und ...“ Er runzelt die Stirn. „Ich erinnere mich immer noch nicht an den Unfall, aber daran, der Straße gefolgt und dann den Berg hinauf zu deinen Lichtern gegangen zu sein.“

„Die beiden Männer?“ Wie war das? Sich mit einer Kopfwunde durch die kalte Nacht schleppen, nur mit dem Schimmern einer weit entfernten Verandabeleuchtung, das ihm Hoffnung auf Überleben gibt.

„Ich muss sie getötet haben. Das Auto, meine Schusswaffe. Es kam nicht in die Nachrichten, also werden sie die Leichen vermutlich finden, wenn der Schnee schmilzt.“ Er verzieht das Gesicht. „Noch ein Grund, aus dem ich vermutlich gehen und weitere Schwierigkeiten von dir fernhalten sollte.“

„Es ist zu spät.“ Nicht nur, weil ich ihn liebe und ihm zu meinem Liebhaber habe werden lassen. „Es ist eine kleine Stadt. Sie werden bald wissen, wo ich wohne. Die FBI-Agentin hat mittlerweile zweifelsohne meinen Aufenthaltsort.“

Ich schließe aufgrund der plötzlichen Tränen die Augen. Ich kann das nicht ertragen. Es ist nicht fair. Er hat unbeabsichtigt Gefahr und Unsicherheit in mein Leben gebracht.

„Es tu mir leid", flüstert er, der Schmerz und die Schuld wiegen schwer in seiner Stimme. „Aber ich möchte trotzdem einen Weg finden, das in Ordnung zu bringen."

„Dann ist es jetzt keine Option, zu gehen. Lade das nicht alles auf mir ab und lauf dann weg. Ich hasse das. Mein Vater hat es getan." Ich hasse es, überhaupt an den Samenspender zu denken, dessen unvorsichtige Handlungen mich beinahe genauso ruiniert haben wie die missbräuchlichen meiner Mutter.

„Was meinst du? Ich weiß nicht viel über deine Vergangenheit!" Schnell fügt er hinzu: „Wenn dir danach ist, darüber zu reden ..."

„Es ist in Ordnung. Quidproquo, nehme ich an." Wo soll ich anfangen?

Ich rase hinein. „Mein Dad hat meine Mom geschwängert und ist abgehauen, als er es herausgefunden hat. Er sagte, weil sie zu fett sei. Das hat sie an mir ausgelassen. Also war ich angeschlagen, bevor ich überhaupt in die Schule kam. All diese beschissenen Klassenkameraden haben die Fährte gewittert und sind darauf angesprungen. Es hat mich gebrochen. Kinder ohne gute Erziehung sind grausam, also haben sie mich als leichtes Ziel gesehen, als ich auf den Schulhof kam." *Verdammte Miniatur-Monster.*

Ich erinnere mich an diese Momente hauptsächlich als Meere aus Gesichtern, gestohlene Bücher, spöttische Stimmen. Warum waren alle so grausam zu mir? Es hat sie begeistert, so zu sein, und ich war das Ziel, weil ich zu zerbrochen war, um mich zu wehren.

„Es ist einfach so weitergegangen. Irgendein Arschloch schadet mir, dann sieht ein anderes Arschloch, dass ich ein leichtes Ziel bin und richtet noch mehr Schaden an. Und immer so weiter. Dann habe ich mit dem Daten angefangen und ... es war furchtbar."

„Die meisten jungen Kerle sind schrecklich, Süße, das musst du mir nicht sagen." Die Straße ist fast leer, nur ein paar Autos konkurrieren mit uns um einen Platz. „Du bist eine empfindliche Seele und hast viel durchgemacht. Das verstehe ich jetzt. Ich würde lieber als alles andere hierbleiben und dich beschützen", gibt er zu, woraufhin mein Herz hüpft und schneller zu schlagen beginnt. „Aber zuerst muss ich herausfinden, wie ich die Männer loswerde, die hinter mir her sind."

„Hinter uns", erinnere ich ihn nachdrücklich.

Er nickt. „Ja, hinter uns. Ich sollte damit anfangen, in dem verdammten Koffer nachzusehen."

14

MICHAEL

Der Koffer hat einen doppelten Boden. Deshalb ist er so schwer.

Im Inneren ist wenig Ungewöhnliches. Ein paar Skiklamotten und Schneestiefel, zweimal Wechselkleidung und eine Tasche mit Hygieneartikeln.

Ich muss fünf Minuten suchen, um den Riegel für den doppelten Boden zu finden. Amnesie ist so nervig!

Eve sieht ängstlich zu, während wir auf dem Sofa sitzen, der Koffer auf dem hölzernen Kaffeetisch vor uns. Freya ist bereits in die andere Hälfte des Koffers gesprungen und hat sich auf meinem Schneeanzug zusammengerollt. Selbst Diogenes sitzt am Kofferrand und späht zu mir, als würde er versuchen herauszufinden, was ich tue.

Endlich finde ich den Riegel unter dem Futterstoff und drehe ihn. Es klickt und der doppelte Boden öffnet sich. Ich greife ihn und ziehe ihn hoch, dann starre ich das an, was darunter verborgen ist.

„Na, scheiße", murmle ich, als Eve nach Luft schnappt.

Eine kleine Box mit mehreren Geldbündeln, ein paar exotisch anmutende elektronische Geräte, einschließlich Richtrohrmikrofons für Fernspionage, und der Schlüssel eines Bankschließfaches.

Daneben ist ein dick gepolsterter Waffenkoffer. Ich starre auf das auseinandergebaute Scharfschützengewehr und die Munition daneben, mit dem langen, schweren Schalldämpfer und Mündungsfeuerdämpfer.

Diogenes flattert mit seinen kleinen Flügeln. „Mehr dakka!"

„Ja", murmle ich. „Sowas in der Art."

„Was hast du damit zu tun geplant?"

„Ich weiß es nicht." Mir ist ein wenig schlecht. „Miss FBI-Agentin kann es mir vermutlich sagen."

„Du musst sie anrufen, oder nicht?" Sie klingt verängstigt und niedergeschlagen, weshalb ich einen tröstenden Arm um sie lege.

„Ja. Ich weiß nicht, ob sie wirklich bereit ist, mich in Ruhe zu lassen, wenn ich die anderen verrate, oder ob sie bereit ist, einen Deal zu machen, um uns in Frieden zu lassen ... ich muss es versuchen ..."

Sie nickt und lehnt sich für einen Kuss nach vorne. Ich gebe ihn ihr gern, in der Hoffnung, dass es nicht unser letzter sein wird.

Wir gehen in die Notaufnahme, bevor ich mich um die Agentin kümmere. Ich werde untersucht, bekomme ein Rezept für Schmerztabletten und werde weggeschickt. Kein bleibender Schaden. Das ist eine Erleichterung.

Warum ist dann der Rest meiner Erinnerung noch nicht zurückgekehrt?

Eve sitzt neben mir, während ich den Anruf tätige. „Hier ist Michael Di Lorenzo", sage ich, als sie abnimmt. „Wir müssen reden."

„Ja, das müssen wir definitiv." Ihre Stimme ist rein geschäftlich, jegliche Überraschung bleibt verborgen. „Amnesie hin oder her, Sie sind ein Verdächtiger in einem kürzlich stattgefundenen Mord in den Vereinigten Staaten. Ganz zu schweigen von dem Mord, den sie direkt vor mir begangen haben."

Meine Augen werden zu Schlitzen. *Dreistes Miststück!* „Sie meinen, als ich Ihnen das Leben gerettet habe?"

Es entsteht eine Pause. „Die Tatsache, dass Sie mein Leben gerettet haben, ist der einzige Grund, aus dem diese Begegnung für Sie nicht in Handschellen geendet hat. Sie und Ihre Komplizin."

Bei dieser Andeutung kocht mein Blut. „Sie ist meine Freundin, nicht meine Komplizin. Sie wollen unschuldigen Menschen mit Festnahmen drohen?" Ich sehe Eve an und erkenne, wie verängstigt sie ist, weshalb ich knurre: „Schikanieren Sie nicht sie, weil Sie mich wollen. Oder die Kerle, die hinter mir her sind."

„Ich will Sie", faucht sie. „Aber ich werde sie nehmen."

„Und Sie können sie haben. Ich werde sogar bereit sein, als Köder einzuspringen. Als Gegenleistung dafür und meine Aussage, lassen Sie mich — und insbesondere Eve — in Ruhe." Meine Stimme ist eiskalt. Im Moment bin ich halb versucht, dieses Scharfschützengewehr zusammenzubauen und stattdessen nach ihr zu jagen!

„Wenn Sie abliefern können, wer auch immer noch hier in der Gegend zurückgeblieben ist, und wenn Sie zu einer Aussage bereit sind, haben wir einen Deal. Ansonsten können Sie es vergessen." Sie wartet auf meine Antwort.

„Ich werde es arrangieren. Holen Sie sich Verstärkung und warten Sie auf meinen Anruf." Eine kalte Selbstsicherheit hat mich ergriffen. Mein Bewusstsein mag sich vielleicht nicht daran erinnern, dass ich auf vertrautem Boden bin, aber der Rest von mir tut es.

Ich lege auf und gehe mein Handy noch weiter durch. Ich finde Berties Handynummer. Er hat zwei Einträge. Beim zweiten nimmt er ab.

„Mikey, du hast verdammt viel Mut, mich nach der Sache anzurufen", knurrt er. „Du hast mir die verdammte Nase gebrochen!"

„Besser als dir den Schädel zu brechen. Ich kann immer noch zurückkommen und es andersherum machen." Und allein mit ihm zu reden, löst in mir den Drang aus, es zu tun.

„Der Boss ist richtig wütend, Mikey. Du kannst nicht einfach gehen. So läuft die Sache nicht."

„Weil ich nicht zurück nach Kanada gehe? Ich werde nie wieder einen Job erledigen! Sie mich als pensioniert, Bertie. Mein einziger Fehler bestand darin, dir davon zu erzählen, anstatt einfach zu verschwinden."

„Nein, dein Fehler bestand darin, den Job abzulehnen." Er klingt wütend.

„Was ist aus dir geworden, Bertie?", belle ich. „Was zur Hölle denkst du, was aus dir geworden ist? Seit wann ist es für dich in Ordnung, Kinder zu töten?"

Eve macht ein leises Geräusch des Unwohlseins und ich drücke beruhigend ihre Hand.

Bertie zögert. Für einen Moment erinnert sich etwas in mir an meinen Cousin und ich hoffe. Es ist nicht in Ordnung. Er wird auch gezwungen. Nur dieses kleine bisschen Widerwille. Das ist alles, was nötig ist, um ihm zu vergeben — zumindest ein wenig.

„Seit wann es für mich in Ordnung ist? Seit der Boss uns zehn Millionen angeboten hat, um es zu erledigen? Es stellt sich heraus, dass diese Frau seine ist. Sie ist eines seiner wertvollsten Besitztümer." Er sagt das so beiläufig, als würde er über eine Pferdewette sprechen.

Oh, du riesiger Arsch. „Dann ist das Kind vermutlich seins!"

„Nenn es rückwirkende Abtreibung."

Meine Backenzähne tun durch das ganze Knirschen weh. Ich weiß, was zu tun ist! „Wir müssen uns treffen", sage ich. „Von Angesicht zu Angesicht darüber reden."

Diesmal kann ich förmlich hören, wie sich die Räder in seinem Kopf drehen. „Okay, in Ordnung, das können wir tun. Ich brauche ein wenig Vorbereitungszeit, um zurück in die Stadt zu kommen. Wie wäre es mit dem hinteren Ende des Skihütten-Parkplatzes heute Abend um neun?"

„Ich werde da sein." Ich hänge mit einem Gefühl der Übelkeit auf.

Eve sieht den Ausdruck in einem Gesicht und kommt zu mir, um mich zu umarmen. „Ist es schlimm?"

„Er ist erledigt", seufze ich. „Es ist nichts mehr von meinem alten Freund übrig. Es wird kein Problem geben, ihn zu übergeben."

Ich rufe die FBI-Agentin zurück und wir treffen die Vorbereitungen. Um ungefähr acht Uhr an diesem Abend gebe ich Eve einen Abschiedskuss und sage ihr, dass sie auf mich warten soll, während ich das Scharfschützengewehr zusammenbaue.

„Du wirst zurückkommen, oder?" Sie sieht mich mit traurigen Augen an und ich kann fast nicht durch die Tür gehen.

„Ich verspreche es."

Ich fahre mit ihrem Jeep zum Eingang, ziehe das Gewehr auf meinen Rücken und erklimme die Anhöhe, die den Parkplatz überblickt. Ich klettere einen Baum hinauf und richte mein provisorisches Scharfschützennest ein, dann warte ich mit den Kopfhörern für das Richtrohrmikrofon auf den Ohren und angeschaltetem Gerät, das auf den Treffpunkt gerichtet ist.

Ich sehe mehrere unauffällige Limousinen auftauchen. Männer steigen aus und verteilen sich zwischen den an dieser Ecke geparkten Autos. Männer ... und eine Frau, die aus einer dunkelblauen Limousine aussteigt und deren Zopf im Halbdunkeln beinahe silberfarben aufleuchtet.

Zehn Minuten später erscheint eine weitere Reihe von Limousinen. Sie parken näher am Treffpunkt. Außer Bernie sind noch mindestens sechs Schlägertypen darin, der genervt aussieht, als er sieht, dass ich nicht auf ihn warte.

„Ihr Jungs verteilt euch", sagt er den anderen. Ich ziele mit dem Gewehr und sehe seinen finsteren Blick durch den Sucher. „Dieses Arschloch hat hoffentlich nicht gekniffen!"

Mein Finger legt sich flüchtig auf den Abzug, als ich in Versuchung gerate. Aber ich habe Schlimmeres für ihn geplant als einen schnellen Tod. Ich löse den Finger, sehe zu und lausche.

Ein paar Sekunden später holt er sein Handy heraus und ruft mich an. Ich schalte das Mikrofon aus und nehme ab.

„Wo zum Teufel bist du?", will er wissen.

„Nah genug, um zu sehen, dass du immer noch nicht gelernt hast, wie man eine Krawatte richtig bindet, Kapitän Clip-On."

Er dreht sich nervös um. „Du bist auf dem Parkplatz?"

„Ich bin unterwegs. Warte ab."

Er lächelt breit, seine Stimme wird warm und vernünftig und voller Lügen. „Hey, wie auch immer du willst. Du warst ein loyaler Killer, Cousin. Der Boss wird dich gehen lassen, wenn du nett genug fragst."

„Du meinst, wenn ich zu dir zurückgehe?" Das Zittern in meiner Stimme kommt durch unterdrücktes Lachen, aber es klingt wie Nervosität.

„Ja. Komm einfach her und wir finden eine Lösung." Er späht zu einem der Autos. Ein Kerl auf den Vordersitzen hat gute Ladung in seiner Schrotflinte.

„Klar, bin gleich da." Ich lege auf und rufe die Agentin wieder an. „Sind Sie positioniert?"

„Wie viele haben Sie gezählt?" Ihre Stimme hat eine stählerne Ruhe, durch die ich froh bin, ihr den Deal angeboten zu haben. Ansonsten hätte ich sie nicht abschütteln können, ohne sie zu töten — und ich könnte nicht nach Hause kommen und Eve das erklären.

„Sechs. Mindestens einer hat eine Schrotflinte. Alle sind bewaffnet. Haben Sie genug Männer dafür?" Es ist wesentlich leichter mit ihr zu reden, jetzt wo wir auf derselben Seite sind.

„Wir bekommen das hin. Wo sind Sie?" Sie klingt ein wenig skeptisch.

„Ich sorge dafür, dass Sie lange genug leben, um unseren Handel zu Ende zu bringen. Schnappen Sie sie besser schnell, Bertie war schon immer unvernünftig." Außer bei mir. Irgendwie vertraut er immer noch darauf, dass ich auftauche und meinen Teil einhalte, selbst nachdem er mich verraten hat.

Idiot.

„Verstanden. Bis dann." Sie legt auf und ich ziehe meine Kopfhörer wieder auf und richte das Mikrofon auf Bertrand.

Hier kommt es, du Bastard.

Der Ausdruck in seinem Gesicht, als ein Dutzend FBI-Agenten hinter den Autos und aus einem Van hervorkommen, macht fast den Mist wett, den er mich hat durchmachen lassen.

Die Mafiosi kommen hervor, um ihn zu unterstützen, als Special Agent Moss mit gezogener Waffe näherkommt und ihre Männer nachziehen. Plötzlich richtet jeder auf jeden Waffen ... und ich bin plötzlich ratlos, auf wen ich meine zuerst richten soll.

Ich habe Cops gehasst. Aber ich will keine Schwierigkeiten und ich hasse Bertie jetzt noch viel mehr. Ihn und alle seiner Art. Also nehme ich an, dass ich ein letztes Mal zu meinem alten Job zurückkehre: Mafiosi erschießen!

Bertie dreht sich um, um seine Waffe auf Moss zu richten, die feuert und verfehlt. In diesem Sekundenbruchteil habe ich ein Ziel.

Ich drücke den Abzug, Bertie klappt zusammen und geht zu Boden, wobei er seine Waffe fallen lässt und sich festhält. Er schreit, flucht aus vollem Halse, während die anderen Agents kommen, um seine Verstärkung festzunehmen.

Moss ruft mich erneut an. „Sie haben ihm durch den Hintern geschossen!"

„Größtes Ziel", sage ich ausdruckslos und sie lacht ungläubig, während sie ihre Handschellen herausholt. „Außerdem kann er den Kanadiern nichts über seinen Boss zwitschern, wenn er tot ist."

„Das kann er nicht." Sie klingt beinahe hibbelig. „Wissen Sie, ich tausche jederzeit einen Mafia-Auftragskiller gegen sieben. Es ist mir eine Freude, Geschäfte mit Ihnen zu machen."

„Denken Sie nur an Ihr Versprechen", erinnere ich sie. „Sie lassen uns jetzt in Ruhe, so lange Sie keinen Zeugen brauchen."

„Oder einen Bodyguard! Heilige Scheiße." Sie schließt die Handschellen an dem immer noch ununterbrochen meckernden Bertrand und richtet sich dann auf und tritt zur Seite, damit sich ihre Männer um ihn kümmern können.

„Ich beschütze bereits jemanden in Vollzeit", sage ich leise.

Sie hält inne und ihre Stimme ist ein wenig sanfter, als sie wieder spricht. „Der Rotschopf?"

„Ja", seufze ich. Es gibt mir ein merkwürdiges Gefühl des Friedens, es jemandem gegenüber zuzugeben. „Ich werde dort gebraucht. Ich sterbe lieber, als dass ich ihre Seite länger als für eine Gerichtsverhandlung verlasse. Nicht, dass ich von Ihnen Verständnis erwarte."

Ein trauriger, wehmütiger Ausdruck legt sich auf ihr Gesicht, von dem ich nie gedacht hätte, dass ich ihn je dort sehen könnte. „Sie wären überrascht", sagt sie unaufdringlich. „Wir sind hier fertig. Behalten Sie dieses Handy, für den Fall, dass ich Sie anrufen muss."

„Werde ich."

Es ist eiskalt und ein paar Flocken fallen vom Himmel, aber ich bleibe da und sehe zu, wie auch der letzte der Männer, die geschickt wurden, um mich zu töten, in Handschellen gelegt und in den Van verfrachtet wird. Für Bertie kommt ein Rettungswagen, der immer noch in drei Sprachen meckert, als er eingeladen wird. Er kann nicht glauben, dass ich ihn so übers Ohr gehauen habe."

„Fick dich, Bertie", murmle ich, als ich meine Ausrüstung auseinanderbaue. „Ein guter Verrat verdient einen anderen."

Der Schnee fällt stärker, als ich den Jeep auf Eves Land steuere und ihn in der Garage parke. Ich lasse das Gewehr auf der Rückbank. Sie hat mich darum gebeten, es nicht mit ins Haus zu bringen, bis sie sich mehr daran gewöhnt hat.

Als ich durch den Schnee gehe, kommt die Erinnerung an meinen ersten Gang den Hügel hinauf zurück: *eiskalt, Beine aus Blei, der Kopf schmerzt und ist durch das heruntertropfende Blut kalt. Sind das da vorne Lichter? Wer ist zu Hause? Kann ich demjenigen vertrauen?*

Wie sich herausgestellt hat, konnte ich Eve vertrauen und kann es immer noch. Mit meinem Leben, meinen Geheimnissen ... und meinem Herzen.

Diesmal falle ich nicht hin, als ich die Veranda betrete. Stattdessen gehe ich zur Tür und klopfe.

Eve rennt zur Tür und reißt sie auf — und ist ein zitterndes, schluchzendes Bündel in meinen Armen, bevor ich hallo sagen kann. Diesmal bin ich derjenige, der sie hineinträgt.

„Ist es vorbei?", fragt sie eine Weile später, ausgeweint und zusammengerollt auf meinem Schoß auf der Couch.

„Ja", sage ich. Ich habe ihr alles erzählt — einschließlich des Deals, den ich gemacht habe. „Wenn irgendeiner der Männer der Sechsten Familie auf der Suche nach Ärger herkommt, habe ich immer noch das Gewehr und es geht mir besser. Ich werde es für meinen alten Boss zu kostspielig machen, immer wieder Männer zu schicken. Jeder letzte von ihnen wird erschossen oder festgenommen."

„Also wirst du weiter mit der FBI-Lady arbeiten?" Sie sieht mich

an und ich wische die Tränen von ihren Wangen. Anscheinend weint
sie auch, wenn sie erleichtert ist.

„Ich bezweifle, dass sie sich über die Fahrt beschweren wird, um
weitere Drecksäcke festzunehmen und dafür die Anerkennung zu
bekommen", sage ich überzeugt. Wer würde das schon? Es ist klar,
dass diese Agentin nicht nur unkonventionell, sondern auch
ehrgeizig ist.

Gute Sache, dass sie einen eigenen Kodex hat!

„Es wird zu viel Aufmerksamkeit bringen, wenn immer wieder
tote Mafiosi auftauchen." Sie legt ihren Kopf auf meine Schulter, als
Freya hochspringt, um sich uns anzuschließen.

„Ja, und wir kriegen wahrscheinlich auch nur ein halbes Dutzend
oder so unter den Garten", überlege ich.

Sie wirft mir einen Blick zu. „Michael."

Ich lache und vergrabe das Gesicht in ihrem Haar, bevor ich sie
dort küsse. „Nur ein Witz, Süße. Ich liebe dich. Außerdem will ich
nicht, dass die Tomaten komisch schmecken."

„Ich liebe dich auch. Und keine Leichen im Garten!"

Wir lachen beide, dann schließe ich die Augen und lehne mich
zurück. Ich habe immer noch verschwommene Erinnerungen und
meine Millionen aus dem Bankschließfach zu holen, und vielleicht
gibt es noch mehr. Aber all das ist jetzt nicht wichtig.

Es reicht, dass ich zu Hause bin, sicher an diesem gemütlichen
und privaten Ort mit Eve!

EPILOG

Carolyn

"Ich kann es nicht glauben. Sie konnten Di Lorenzo nicht finden, also haben Sie mir stattdessen jeden verdammten Mafiosi gebracht, der hinter ihm her war? Wie haben Sie das hinbekommen?" Zum ersten Mal, seit ich ihm gesagt habe, dass er zu seiner Frau zurückgehen und aufhören soll, mich anzubaggern, starrt mich AD Derek Daniels vor Erstaunen an.

Ich kann nur schwer meine professionelle Fassung bewahren. Ich möchte mich brüsten. Sieben Verhaftungen in einer Stunde, ohne einen Verletzten — bis auf Bertrand Brand, natürlich.

"Ja, Sir. Ich dachte, dass selbst wenn sie Di Lorenzo kriegen, wonach es aussieht, ich uns trotzdem ein paar Mitglieder der Sechsten Familie schnappen könnte."

Er nickt langsam und sieht tatsächlich beeindruckt aus. "Nicht schlecht. Aber Sie haben meine Frage nicht beantwortet."

"Ich habe Bertrand glauben lassen, dass Di Lorenzo noch am Leben sei und nicht mit weggeschossenem Gesicht an der Unfallstelle liegt. Sie wollten ihn tot sehen und er war gefährlich, also haben sie all ihre Männer in die Gegend gebracht. Dann haben wir sie einfach nur geschnappt."

„Und Sie sind sicher, dass der Kerl, mit dem Sie einen Schusswechsel hatten, der als Bauarbeiter getarnt war — Sie sind sicher, dass das Di Lorenzo war?" Er spielt mit Dingen auf seinem Tisch, vermutlich nervös, da er nichts hat, wegen dem er mich anmeckern kann.

„Ich habe aus der Deckung gefeuert, ich habe nie einen klaren Blick auf sein Gesicht bekommen, bis er keins mehr hatte. Aber er hat die richtige Größe, den richtigen Körperbau und die richtige Haarfarbe, und mit Verkleidung aufzulauern ist eine seiner üblichen Taktiken." Ich weiß natürlich, dass dieser Kerl nicht Di Lorenzo war, aber da wir keine Fingerabdrücke, DNA oder Odontogramme in den Akten haben, lässt sich das unmöglich sagen.

Di Lorenzo hat mich nicht darum gebeten, seinen Tod vorzutäuschen, damit kein anderer Agent nach ihm sucht und dabei vielleicht erschossen wird. Das war meine Idee. Zum Teil weil ein Deal ein Deal ist—und zum Teil, wer er mir das Leben gerettet hat. Zweimal.

Vielleicht hatte Prometheus recht damit, dass er dem Gefängnis fernbleiben soll und stattdessen auf eine schüchterne Künstlerin aus Massachusetts aufpasst.

„Nur eine Sache", sagt er, als er die Akte vor sich schließt. „Warum haben Sie Brand durch die Pobacken geschossen?"

„Er hat auf Rogers gezielt, während Rogers damit beschäftigt war, einen seiner Männer in Handschellen zu legen. Es war das größte, nicht tödliche verfügbare Ziel." Ich sage es todernst.

Er prustet und muss für einen Moment mit dem Gelächter kämpfen. „Sehr professionell."

„Danke, Sir."

Er schüttelt den Kopf. „Ja, na ja, ich werde Sie für einen Bonus empfehlen. Aber ich gebe Ihnen nur bis zum Ende des Wochenendes frei. Wir haben immerhin noch drei weitere Männer auf unserer Liste."

Ich nicke und verbanne das triumphierende Lächeln aus meinem Gesicht, bis ich gehen kann. „Ja, Sir. Ich werde bereit sein."

„Gut, verschwinden Sie. Ich muss zu Luccas Gerichtsverhandlung." Er winkt mich ab und ich drehe mich um und gehe zum Ausgang.

Sobald ich sicher in meinem Auto bin, stoße ich einen Schrei des Triumphes aus und schlage auf das Lenkrad ein. Ein paar Sekunden später vibriert mein Handy. Es ist eine Nachricht von einer unbekannten Nummer.

Gut gemacht, Carolyn. Sie haben sieben böse Männer eingesperrt und einem guten Mann die Chance gegeben, wieder gut zu sein.

Ich runzle dir Stirn und schreibe meine Antwort. **Warum wollten Sie nicht, dass er ins Gefängnis kommt?**

Eine kurze Pause. **Weil das Justizsystem kaputt ist. Es lässt nicht länger neunzig Prozent der Zeit Gerechtigkeit walten. Das muss korrigiert werden.**

Ich lehne mich zurück und denke darüber nach. Dieses verängstigte rothaarige Mädchen, das ich hinter Di Lorenzo gesehen habe, sah aus, als hätte es vor der ganzen Welt Angst. Vielleicht braucht sie ihn mehr an ihrer Seite als ich die Rache für den Verlust von Lucca brauche.

Besonders da ich jetzt weiß, dass er es auf Anweisung der Sechsten Familie getan hat, während er versucht hat, diesem Leben zu entfliehen. Und besonders weil es mir sieben andere eingebracht hat, ihn gehenzulassen.

Manchmal hat die Straße zur Gerechtigkeit ein paar wirklich merkwürdige Kurven, gestehe ich schließlich ein.

Genau. Jetzt ruhen Sie sich aus, Sie haben sich wieder vernachlässigt. Ich werde mich bald wieder melden.

Ich atme tief ein und stelle eine letzte Frage. **Werden Sie mir je sagen, wer Sie sind?**

Eine weitere Pause. **Keine Sorge, Carolyn. Wir werden uns schon früh genug kennenlernen.**

Er blockiert meine Nummer und lässt mich noch neugieriger als zuvor zurück. Wer ist dieser Prometheus? Und warum ist er so an mir interessiert?

Die Zeit wird es zeigen.

ENDE.

Vielen Dank für das Lesen!
Wenn Ihnen die Geschichte gefallen hat, nehmen Sie sich bitte eine
Minute, um den Autor zu unterstützen und hinterlassen Sie eine
Bewertung auf Amazon:

Hier klicken, um Deine Rezension für „**Vergessene Sünden: Eine
dunkle Mafia-Romanze (Nie erwischt 1)**
" zu schreiben.

❀ Erstellt mit Vellum

CPSIA information can be obtained
at www.ICGtesting.com
Printed in the USA
BVHW041216120321
602397BV00006B/68